Nadie es normal

Novela

Jordi Sánchez

Nadie es normal

Planeta

Certificado PEFC

Este libro procede de bosques gestionados de forma sostenible y fuentes controladas

PEFC

PEFC/14-38-00305

www.pefc.es

Avinguda Diagonal, 662, 6.ª planta. 08034 Barcelona (España)
www.planetadelibros.com

Adaptación de la cubierta: Booket / Área Editorial Grupo Planeta
Ilustración de la cubierta: © The Black Sheep © Leah Saulnier
Fotografía del autor: © Miguel Zaragoza
Primera edición en Colección Booket: marzo de 2022

Depósito legal: B. 2.509-2022
ISBN: 978-84-08-25506-2
Impresión y encuadernación: CPI Black Print
Printed in Spain - Impreso en España

Biografía

Barcelona (13 de mayo de 1964). Dramaturgo, actor y guionista, Jordi Sánchez Zaragoza, popular por interpretar papeles televisivos como Antonio Recio en *La que se avecina* y Josep López en *Plats bruts*, es el autor de las obras teatrales *Krámpack* (Premio MAX 2003), *Mareig*, *Fum fum fum*, *Soy fea*, *Excusas*, *Hoy no cenamos*, *Asesinos todos*, *Mitad y mitad* y *El eunuco*. Diplomado en Enfermería por la Universidad Autónoma de Barcelona, abandonó su primera profesión para dedicarse a la interpretación. Tras licenciarse en el Institut del Teatre de Barcelona, cofundó las compañías teatrales Krámpack, S. L., y L'Avern Produccions, con las que escribió, interpretó y produjo varias obras de teatro y dos series para la televisión: *L'un per l'altre* y *Plats bruts* (Premio Ondas 2002). Algunas de sus obras teatrales han sido estrenadas, además de en Barcelona y Madrid, en Londres, Chile, Perú, Panamá, Ecuador, Uruguay, Montevideo, Caracas, Portugal, Suecia, Dinamarca, Noruega y Nueva York. Dos de sus textos teatrales han sido llevados al cine: *Excusas* y *Krámpack*. Ha publicado también el libro de relatos autobiográficos *Humanos que me encontré*. Desde el inicio de su carrera combina sus actuaciones en el cine y la televisión con la producción teatral y la escritura.

A Conchita y Antonio. Mis padres

PRÓLOGO

Mi amigo tiene una mirada, una forma de ver.

Otros lo llaman *punto de vista.*

Yo no sé...

La cuestión es que él mira y no es que vea más (que igual también), es que ve mejor.

Y quien dice ver, dice escuchar.

Mi amigo parece que no se entera de nada, que siempre está en Babia, medio dormido.

Pero mi amigo engaña.

No digo yo que lo haga a propósito. Él no es de esos. Mi amigo es buena gente.

Es solo que tiene un don. Y no se da cuenta.

Por eso, apunte o no apunte, acierta. Y no se le escapa ni una.

Mi amigo ve una cosa y no da tregua. Siempre le encuentra el lado singular.

No como yo, que, por más que mire y remire, no le pillo la gracia a nada ni queriendo.

Pero a mí, claro, me falta el cable, la conexión.

A mí y a todos.

O a casi todos.

Como a vosotros, supongo.

Mi amigo, en cambio, pertenece a los otros.

A los que lo tienen.

El cable, digo.

Que no creo yo que lo haya comprado. Que esos cables me da que no están en venta. No, ese cable le viene de fábrica. Le vino ya puesto.

Y por eso lo digo. Lo del don, digo.

Mi amigo se pone las gafas y lo ve todo.

Y lo escribe, también.

Mi amigo es muy completo.

Y es una suerte.

Que escriba, claro.

Porque ahora resulta que a mi amigo le ha dado por publicar.

Las cosas que ha escrito.

Las cosas que ha visto.

Y a mí me parece bien.

Porque así, nosotros, no pudiendo ver,
al menos, podremos leer.

Nadie es normal, dice que le va a poner.

Como título, quiero decir.

Yo no sé muy bien por qué.

A mí todo el mundo me parece igual.

Tal vez sea porque, aun siendo igual, todo el mundo es peculiar.

Para bien o para mal.

Sí, será eso.

Y, por eso... nadie es normal.

Pues que dice que lo va a publicar.
Y me da que no os va a defraudar.

Ahí vais a poder ver su barrio.
Que mi amigo es muy de barrio.
Y presume de serlo. *Orgullo,* lo llaman.
De barrio, digo. Y los barrios es lo que tienen,
que hay mucha Mariloli y mucha Maritrini.
Y a mi amigo las Maritrinis le dan la vida,
Le vuelven loco.
Mi amigo ve una y no lo puede evitar.
La escribe y la cuenta.
Y, por encima de todo, la quiere.
Con todo su corazón.
A ella, que «aprendió a andar y a fregar a la vez», dice.
Y a su Manolo, siempre desbordado y asustado.
Y a su madre demenciada.
Y a su hermano, el de Portugal, melancólico y un tanto alcohólico.

Mi amigo también va mucho en AVE.
Y el AVE da para mucho.
Mucho pero que mucho móvil.
Y mucha conversación a gritos.
Y muy poca educación.
Y mucha menos vergüenza.
Pues, todo eso, mi amigo también lo ha escrito.
Porque lo ha visto.
Pero no como nosotros, recordad.
Que él lo ha visto con el cable.

Lo ha visto mejor.

Y conoceréis a una viejita a la que ya lo único que le ilusiona es morirse.

Y al vecino de su padre, adicto al sexo.

Y a Ricardo, que más valdría no haberlo conocido.

Y a la Pepi, que se acomodó entre la pena y el miedo.

Y a Carmela, egoísta confesa de ultraderecha.

Y a Roberto. Mal. Que le cae mal.

Y a su prima de Valencia, desilusionada, desconcertada y con apnea nocturna.

Y a Gladys, incontinente verbal.

Y a Gabino y a Cipriano, jubiletas asociados.

Y a sus amigos.

Y a sus padres.

Y a Eli.

Y a sus hijos.

Y, sobre todo, lo conoceréis a él.
A mi amigo.
De una manera sutil,
pero cierta, sincera.
Ahora implacable, ahora cariñoso, ahora comprensivo,
ahora corrosivo, tierno o mordaz.
Sí, lo conoceréis muy bien.
Porque no sé yo si es muy consciente,
pero sabed que en cada historia,
en cada réplica,
en cada perla,
no lo dudéis,

ahí está él.

Lo diré en mayúsculas:
ÉL.

Pep Anton Gómez

EL MUNDO DE MARITRINI

Esas cosas que me cuenta María Trinidad Rodríguez, la asistenta del bar La Amistad, donde suelo tomar el café.

Mi marido está con mucha depresión. Y en el paro, sin actividad, muy parado. Y con la cosa crónica suya, que tiene de siempre, que está yendo a más, y se le tapa todo. Las venas, los vasos y los aparatos. Un tapón general. Y un tapón en el alma también, que el día que explote no quiero estar allí. Y en casa lo tengo, solo con mi madre, todo el día solitos los dos. Un cuadro. En el sofá, mirando el mueble de la tele, que ni la tele ponen ya. Todo el día con mi madre y el perro y la tele apagada. Qué suerte tengo del perro, que me lo conecta con la realidad. Ladra y lo conecta, lo desensimisma. Porque a mi madre se le va la cabeza un día sí y otro también. Mi madre lo que es la realidad no la toca. Ella viaja en el tiempo a su aire, a su manera, caprichosamente. Todo el día de aquí para allá. Y un día está con su abuela en un cine de Burgos y al otro con un novio en Palencia, y, en fin... Y sin salir del comedor. Un desastre... Está ida, se marchó hace años y su mente no tiene intención de volver. Y te desgasta, te debilita, te agota, te *esquilabra.* Y te jode, nos jode. Pero ella, bien. Tiene sus personajes imaginarios y tiene a mi marido, sentadito a su lado con todos los tapones y con todos los nervios, y un día lo llama Manolo y al otro María Antonia. Y él le dice que sí a todo. Y yo, desbordada. Desbordada y preocupada, confundida. Ella dice «María Antonia, tráeme un Sugus». Y él va y se lo trae, no replica, no lucha, no defiende su nombre. Y luego me tiene a mí. Que la baño, la visto y le pongo las bragas y le pongo los rulos. Y la mujer, feliz. Pero Manolo no, Manolo mal, Manolo llora mucho. Y todo el día con Franco en la boca, mi madre, ¿tú te crees? Con Franco y un tal Félix, que nadie sabe quién es, no le ponemos cara. Una mujer que había sido más bien rojita, más bien nada. Roja-católica, se entiende. Pues ahora, con la enfermedad, franquista practicante. Y monárquica. Y mal hablada. Que dice unas palabrotas que te ponen la piel de gallina. Ayer, después del telediario, me sale al balcón desnuda, con los pantis de nailon de un disfraz de mi hija que no se los quita ni para dormir, y venga a blasfemar. Se puso tan marrana con el vocabulario que la tuve que entrar. Una mujer que ha sido de ir a misa día sí día también. Pues ahora todo el día en pelotas y con la boca sucia. Como mi padre fue un golfo y un marido de mierda, se ha pasado la vida pidiendo perdón. Por el marido golfo, fíjate. Para expiarle, para purgarle, para que no fuera de cabeza al infierno. Qué ciego es el amor, qué asco. Total, que me ha dicho la médium que nos echa las cartas en casa que se ha pasado de misas. Digo: «¿Pasada de misas? Pero ¿eso puede ser, señora Rosa?».

Y me dice que sí. Que tiene un excedente, que está intoxicada de tanta comunión, borracha perdida de tanta eucaristía. Y que eso la ha llevado al otro lado, al lado opuesto, al oscuro. Que está sacando, sacando... Que está sin amarre, desamarrada, sacando la pus. Que no se sabe lo que puede sacar, lo que puede salir. Que no se sabe lo que puede venir, que estemos preparados. Y que se ve que la demencia de mi madre es así. Que la libera, la emponzoña y la enmierda. Así de claro me lo ha dicho la médium. La señora Rosa, que era puta y muy guapa todavía.

Y claro, los niños del barrio, como vivimos en el primero y han visto lo que hay, le tiran petardos por la ventana para provocarla. Y ellos la provocan y la yaya se asoma y les dice guarradas y les enseña todo. Y los niños se ríen. Han encontrado una fuente de entretenimiento. Y en esas estamos, en ese bucle incómodo y molesto. Muy divertidos. Y a mi marido esto no le ayuda, le da tristeza. No se acostumbra. No tiene el ánimo para ver en tetas a su suegra gritando porquerías. Está muy desinflado. Y lo que podría haber sido una anécdota para contar el domingo después de comer se convierte en un drama. En casa todo es drama, no hay comedia. La puñetera depresión. No hay risas, no hay sonrisas. Ahora que Manolo y yo podríamos estar todo el día cantando y bailando, que los críos ya son grandes y no están, va y nos cae esta porquería del cielo en todo lo alto de la vida. Y Manolo ya ni canta ni baila, solo llora. No hay risas, no hay sonrisas, ya te digo. Y yo le comento: «Manolo, es lo que nos ha tocado, no se puede hacer nada».

Pero da rabia, la rabia la da. Porque yo no he hecho nada, que me he portado bien normal. Que tú repasas y relees, y por mucho que reviso, no me he portado ni mejor ni peor, mediocremente correcta. Mejor que mis hermanos, que vienen a ver a mi madre dos veces al año y encima los tengo que invitar a comer, me he portado... Que van y me dicen: «A la mama me la tienes que mandar unos días, mujer, que tienes que descansar...». ¿Y cómo se la mando? ¿En un taxi? ¿Para que le enseñe las tetas al taxista? ¡Coño, ven a buscarla tú! Pero no caen. Ellos no caen. Son hombres. Y mis cuñadas, que sí que caen, se callan. Son mujeres. Vienen todos a casa para ver a mi madre, me dejan la cocina hecha un asco, se beben el whisky bueno de Manolo, le dan dos besos y se marchan con la conciencia tranquilizada. Y hasta se emocionan un poco y todo cuando se van... «Lo que ha perdido la mama», me dicen. ¡Claro, coño, no va a perder! La ves dos veces al año... Yo la veo igual ahora que hace vente minutos... La vida no es justa. Justa no es. A veces es bonita, pero justa... Y ahora está siendo muy asquerosa.

ALEJO AGUILAR, EL VECINO DE MI PADRE

A ver, yo era adicto al sexo, a ver... Hubo una época que sí. Que si no dormía con alguien cada noche, se me estrechaba la glotis, me ahogaba y vomitaba. Me vas a decir a mí que no era adicto al sexo. Fue aquella época en la que estaba tan gordo. ¿No te acuerdas, que me comía los flanes de cinco en cinco? ¡Coño, si era adicto al sexo! Si me acosté con una amiga de mi madre y todo, una señora mayor, la señora María, que olía siempre a suavizante, a Flor. Si le tiré los tejos a mi cuñado... ¡A José Armando! Te acuerdas, ¿no? ¿Un cuñado que tenía muy amanerado? ¿Te acuerdas o no? Que le tuve que decir: «José Armando, no se lo digas a tu hermana, que ya sabes cómo es, a ver si se va a mosquear...».

¿Te acuerdas o no? (...) ¡Joder, no te acuerdas de nada...! Y José Armando, que era un bocazas y encima no era marica, se lo contó, se lo soltó. Pobre José Armando, otro que ya no está. Frágil, femenino, delicado y heterosexual sin fisura ninguna. Y mi mujer, que es más lista que el hambre, me caló:

«¿Y tú para qué le tiras los tejos a mi hermano? ¿Eres

adicto al sexo o qué te pasa?». ¡Claro que era adicto al sexo...! No discriminaba, no filtraba. Me habría acostado con un radiador y me lo habría tirado. Y a la mañana siguiente me habría casado con él.

ANALÍTICAS

Poco antes de mi cumpleaños, movido por el número maldito que se acercaba, me he hecho el primer chequeo completo de mi vida. Una analítica completa, un electrocardiograma, una ecografía de próstata, estómago, hígado y riñón, una placa de tórax, un tacto rectal, una colonoscopia y una prueba del sueño. Al final soy alérgico a los ácaros y a las hierbas trepadoras. Que digo yo que serán las hiedras y las lianas y todo eso. No siendo Tarzán no lo veo preocupante. Y que duermo como el culo pues ya lo sabía... ¡Seiscientos euros!

LAS COSAS DEL QUERER

Hace tanto que estamos en esto, que sin Eli ya la cosa es rara, es pobre, cojea. Y me gusta que esté. Hablo de amor, de amistad, de afecto, de apego, de cercanía, de ausencia de soledad, de confiarse, de cuidarse, de que en una cena la otra parte de la réplica no está y te falta. Eso es lo que tenemos. Ella me aproxima como no lo hace nadie a la serenidad a la que aspiro, a la ausencia de miedo, de desasosiego, de melancolía. Me hace mejor, me arregla, me arrima a la dicha, me saca de los pozos.

Compañera vital del alma mía, me convenció para tener lo que más amo en este mundo: mis hijos y mi oficio. Y para comprar la casa donde tanto nos gusta vivir. Pasó que nos encontramos.

PARA MANDAR A LOS DEL PREMIO EN ALBACETE

Puedo enfrentarme a mil personas en un pregón con una serenidad pasmosa, con el pulso inalterable, casi con sueño. Y al día siguiente acojonarme en la lectura del Evangelio en la boda de mi prima. Sufro una especie de timidez selectiva que ni yo mismo soy capaz de comprender. Pero es muy molesta y no sirve para nada. Es un asco.

A no ser que sea para interpretar a un personaje —en ese caso lo hago y ya está— subirme a un escenario —bien sea para dar una charla, recibir un premio o alabar a un amigo— me parece un tormento, un horror, un favor enorme, una putada grande. No me importa que me miren, no es eso, estoy acostumbrado. Es que no sé pensar en público. Hablar ante una multitud sin tener un personaje que interpretar me ha producido siempre pánico del malo. Algo así como quedarse en blanco y que nunca termine el momento. Como estar desnudo una noche muy fría ante una multitud y ver que todos se fijan en el tamaño de tu micropene. Un espanto. Que suba otro.

No me hagáis recoger ese premio, por favor os lo pido. O no me lo deis. O que vaya mi madre, que queda muy bien.

Ah, y que muchas gracias, muy contento, muy emocionado...

Nota: Darle una vuelta antes de enviar a Arroyofrío (Albacete). Y cambiar *micropene* por *pene*.

LOS CONSEJOS DE AQUELLA SEÑORA MAYOR

No te cases con Manolo. Es demasiado guapo. Debes casarte con alguien con quien te entiendas, con quien te rías y con el que te apetezca construir una casa, un castillo...

Olvida eso de casarse con la más hermosa de las miradas. Casarte con alguien porque le deseas es un error. Eso se muere. El deseo es algo que casi molesta para el matrimonio porque es una cosa que se va siempre. Sigues teniendo sexo, pero se va. Se va a pasear por la acera de enfrente. Es así, es ley de vida. No es nada malo. Solo es lo que es. Solo que nadie te avisa. Pero va con la existencia. Si lo compensas con pajas, películas, vino o infidelidades, ya depende de ti misma, de lo que te permite tu educación, de tu talento para no hacerte daño. En general nos siguen educando más para la fidelidad sexual que para la lealtad. Poco libres. Y el que va en contra de su educación se hace daño, se siente mala gente.

En esta vida tus deseos serán tu pequeño secreto. El tuyo y el de todos. Pero que eso no te quite la ilusión ni te confunda, ni te haga creer que no elegiste a la persona adecuada, al mejor compañero de vida. Es solo que los poetas lo entendieron mal. Y por eso se suicidan los poetas...

Enamorarse de la belleza es un error. Con la belleza te acuestas, pero no se duerme bien. Con la belleza no se puede hablar ni te ríes con ella. Y con el tiempo se ablanda, se descuelga y aburre. Y al final, cuando descubres que le diste más valor del que tenía, te enfurece, te envilece. Y te lleva a la insolencia y a la mala educación, a la injusticia, al maltrato... Pero mientras llega ese momento puede llegar a ilusionarte y confundirte hasta la extenuación.

Amo a ese hombre viejo, con el que llevo cincuenta años, mucho más que el primer día, mucho más que a mí misma. Y eso no tiene nada que ver con el deseo. El amor es cuidarse y esforzarse por hacerle las cosas bonitas al otro, y tu novio es un vago que mira para dentro. No te cases con Manolo, que no habla, que no se ríe contigo, que de mono que es tiene cara de tonto.

TIEMPO AL TIEMPO

Tarde o temprano, si todo va bien y no la palmamos antes, todos acabamos siendo feos o muy feos. Con suerte, la cosa no es siempre para salir corriendo y vivimos, en ese estado de ausencia de belleza o fealdad evidente, una parte importante de nuestras vidas.

Los que fueron guapos en mi juventud ya no lo son. Algunos, una minoría, los bellos más hábiles, se convirtieron en gente poderosa, rica, influyente, inteligente, simpática, interesante o famosa, que son otras formas de seguir gustando, de seguir presente, de estar ahí. El resto, la mayoría, sencillamente dejaron de ser guapos y dieron paso a otros, se cayeron del carro y se quedaron atrás. Mañana voy a verlos. Tenemos la cena anual de señoras no guapas y señores feos.

JUBILETAS

Dos mafiosos de setenta años esperan, tras un montón de arena de una obra, a que alguien salga de un portal para pegarle un tiro.

—¡Joder, qué incómodo! Tengo las rodillas destrozadas...

—Agáchate, Gabino, coño, que te van a ver...

—Joder, es que no puedo más. Llevamos así tres horas...

—¿Tres horas? ¡Cuarenta años!

—¡Y lo que te queda, Cipriano...!

—¡¿Te quieres agachar...?! También tú... ¡Pareces nuevo! Haber sido taxista...

—A veces creo que esta profesión no..., que no. Que... ¡Y cada vez lo pienso más!

—¿Que no qué? ¿Qué piensas más? ¡¿Te quieres agachar?!

—Si es que me cuesta, joder. La puta barriga esta que no sirve para nada, que... ¡Qué asco! Las cosas que no sirven para nada no tendrían que existir. Que me equivoqué de oficio. Eso pienso.

—¡Claro que te equivocaste! ¡Y yo! Pero ¿es que acaso pudiste escoger?

—Yo quería ser zapatero. Hacer arreglos y eso. Y vender llaves y llaveros. Eso. Una tienda de esas. Y vender candados y placas para buzones. Una tienda buena. Una buena tienda. Nada de mancharse las manos con frutas, verduras ni oler a pescado. No. Nada. Eso no. Cueros y metales. Y mucho brillo. Y a lo mejor un poco de ferretería. Eso era lo que me ilusionaba. Y no acabar pegando tiros de aquí para allá y trabajando para otro jugándome los huevos y la vida.

—Joder, ¿y ahora te das cuenta?

—Sí, ahora me doy cuenta, ¿qué?

—Tampoco te ha ido tan mal. Has pagado tu casa, tu coche, has hecho tus viajes... Mal no te ha ido mal. Y has tenido trabajo cuando nadie tenía. Y has ganado dinero cuando nadie ganaba. Más que con los zapatos. Y que con los llaveros...

—Que sí, Cipriano, que trabajo, que no me ha faltado trabajo. Pero a veces creo que debería haber hecho más caso a mi instinto y menos a mi padre. Que ya era del mundillo y no quiso morirse sin dejarme arreglado.

—Normal, porque con los hijos te comes mucho la cabeza, con los hijos la cabeza va a cien. Con los hijos piensas todo el rato. Y si eres de poco pensar, como yo, que no me gusta, pues te agotas. Y te quedas sin energía y sin tensión arterial. Por pensar en exceso. Y por eso a mí pensar no me ha gustado nunca.

—Yo, claro, con dieciséis años ya estaba pegando tiros y ganando dinero. Ganando bien. Con dieciséis, casi quince. Que no tenía ni la edad, pero como para lo nuestro no importa la edad... Y ya mi padre se murió tranquilo, sin nervios y sin miedos. Sosegado, respirando. Que siempre decía que él se quería morir respirando. Y así se murió, respirando. Respiró y se murió.

—Como tiene que ser. Con todo bien atado. Morirse así tiene que ser la hostia. ¡Mejor que vivir! Porque morirse preocupado, con todo por ordenar, ya me dirás... Para eso es mejor no morirse y tirar, aunque sea arrastrando la cabeza y el cuello. Y ya te mueres cuando puedes, pero bien. Como tu padre, Gabino, respirando. Respiras y te mueres. Cerrando el chiringuito con todas las ganas, con ganas de otra cosa. De cambio. De morirse.

—No, si suerte he tenido. Y que la suerte te hace mucha compañía. Cuando tienes suerte no te sientes solo y eso es bueno y está bien. Porque sentirse solo es triste. Te apaga y te pone inseguro. Y eso te afea por dentro y por fuera. Y apagado la gente te quiere menos y te esquiva más. Porque no brillas. Pero tú has tenido suerte. Tú has brillado.

—He tenido suerte. Yo he brillado, sí.

—Por ejemplo, no has tenido que cargarte nunca a nadie que no mereciera ser asesinado, por ejemplo...

—Eso no se paga con dinero. En eso me ha tocado la lotería. Me ha tocado siempre gente despreciable y asquerosa, muy claramente culpable. Mala mierda, que no mierda mala, ¿me explico? Mucho monstruo, mucha alimaña humana... Que en ese sentido sí que he vivido también muy tranquilo y muy bien. El oficio no me ha desvelado o me ha desordenado la cabeza o me ha alterado el alma, como a otros... No. Pero estoy cansado. Y me duelen las rodillas y los pies. Todo el día para arriba y para abajo, durmiendo siempre en hoteles y preocupado por que no te pillen o te maten o qué sé yo. No sé. Últimamente estoy así. Desanimado. Echo de menos mi casa, mi cama, a mis vecinos. Echo de menos a mi madre, que lleva muerta veinticinco años. Soy casero. Soy así. Y tengo unas ganas de una barbacoa... Sin llamadas sorpresa y sin salir corriendo. Con mi mujer, con mis nietos, con café, con siesta. ¡Como todo el mundo, coño! Pues no. Ahora, el Domingo de Ramos le tengo que hacer un trabajo a García, que a García no puedo decirle que no. Y el día que viene mi nieta a comer, que estoy ilusionadísimo con ver a mi nieta, le tengo que pegar un tiro a un gilipollas que es más malo que un dolor. Y levantarme de la mesa a las cinco. Cinco y cuarto, como mucho. Y ya estoy nervioso, ¿sabes? Ya llevo dos o tres días que cago raro, cago mal, cago de nervios. Y yo, Gabino, hasta hace bien poquito jamás he cagado de nervios, que te lo diga mi mujer. Que esa es otra. Y con los años me pongo nervioso por todo. Y dudo, dudo de las cosas. Y lo repaso todo. Y ya cago feo y mal. Y mira que el muerto se merece la muerte dos veces y más. Le pega a la mujer, les pega a los hijos, le pega a todo el mundo. Es un cerdo de esos que solo se puede rehabilitar a tiros. Pues estoy con runrún, mareado, espeso, lento de cabeza. No sé, estoy preocupado. ¿Sabes cuando no te sientes al cien por cien? Pues así estoy. La puta edad. El verano pasado tuve un golpe de edad y me cayeron diez años encima. Un golpe de edad que me puso en los años que tengo, que yo estaba en menos. Me cayó encima después del verano. Así, como una losa, de sopetón. Plof, y se instaló. Pensé que era cansancio, pero no; era edad, era vejez, que vino para quedarse y se quedó. Y en cuatro días me empecé a sentir viejo de cabeza y de pies. Pero el trabajo es el trabajo y lo tengo que hacer. No, y sabiendo además, que con estos tíos así tan mierdas, luego, cuando te los cargas, cobras, te olvidas y te quedas bien, te da vida. Que lo sé de otras veces... Y, además, que me paga García, que paga muy bien, y encima le haces un favor al mundo. Son todo ventajas. Pero me jode, no lo puedo evitar. Porque ese día ya tienes la cabeza en dos cosas y no tengo edad de tener la cabeza en dos cosas. Y no estás por la nieta como tienes que estar. Y porque a la nena la veo muy poco porque vive en Reus. Y esa niña a mí me tiene... Es mi primera nieta, qué te voy a contar... Me ha cambiado la vida, me he vuelto a ilusionar...

—Pues igual te faltan vitaminas y por eso estás así más apagado.

—Pues igual sí. No sé. Quizá. O que me sobran veinte años.

—Yo me tomaba un complejo que me iba muy bien. Pero meas mucho, claro. Y en días como hoy, que llevamos aquí cuatro horas para pegar un tiro y que no tienes un váter a mano, te apuras, lo pasas mal. Y ya no me las tomo. Pero me iban muy bien. También me daban mucha sed, te digo. Al mear más, te secas. Y entré en un círculo vicioso de beber y mear que me alteraba. No pensaba en otra cosa. Beber y mear. Las veinticuatro horas. Me obsesioné, ¿sabes? Y me preocupé. Y mi mujer me tiró las vitaminas. Carmen. A la basura. Pero me iban muy bien. No, al váter, las tiró al váter. ¿Lo ves, Cipriano? No me acuerdo de nada...

—Pues así me siento yo. Obsesionado y preocupado. Que me sale un grano y ya le digo a mi mujer que lo busque en internet a ver qué es el grano.

—Eso son nervios. Que yo los nervios... Me la han jugado a veces...

—¿Y si son más que nervios?

—Pero ¿qué vas a tener, hombre? ¿Qué vas a tener? ¡Años! ¡Y nervios! ¡Y el grano! ¡Y los meniscos hechos una mierda, coño! ¡Todo el día agachado! ¡En posturas imposibles! Y con unos fríos y unas humedades... Y menos mal que pagan bien y el gasto es mínimo...

—Lo que es la bala.

—Sí, y el termo de café. Yo sin mi termo de café y la madalena... ¡Que dispare Rita...!

—De todas formas, las rodillas yo siempre las he tenido delicadas.

—Pues yo que venía del porno, que te pasas de rodillas la mitad de la jornada... Eso sí que era estar de rodillas. Y sin meniscos, que me los quitaron a los veinte años.

—Claro, me imagino, pero eras muy joven.

—Era muy joven, tú lo has dicho. Pero, entre una cosa y otra, llevaré de rodillas... cincuenta años. De rodillas, en cuclillas, agachado, sentado en el suelo... Yo sentado en una silla he estado poco. En la comida de Navidad. Pero lo que dices, era muy joven. En fin... Me voy a marchar del mundo sin haberme sentado.

—Oye, de eso te quería preguntar. Ahora, el mío pequeño, José Manuel, mi hijo... Dice que quiere hacer porno. Y no sé... ¿Cómo lo ves? ¿Qué te parece?

—Claro, lo ven en internet y parece tan fácil... Y no...

—Yo lo veo tan perdido...

—Yo no te puedo ayudar. Hace tanto que no... Los que empezaron conmigo ya están todos muertos. A ver, y que lo mío era una empresa muy familiar. Hacíamos un porno casero cutre, sin futuro. Y éramos cuatro y el cabo, así más o menos fijos, y también salía y entraba gente más eventual.

Mira, el viernes pasado enterramos a una, a la Mari, que hacía que no la veía... Más mala era, la Mari, la pobre... Era de esa gente que ya nace mala, ¿sabes? Pues así era, la pobre. Mira, muerta. Ni setenta tendría.

—La habrá matado la propia maldad. Si tan mala era...

—Pues no me extrañaría...

—El resentimiento te puede consumir. Mi abuela era así. Se la comió el resentimiento. La devoró. Una mujer altísima que dicen que era y se murió encogida, que no medía ni metro y medio. Encogida y colorada como un bicho. Absorbida y consumida por la mala hostia. La mala hostia da mucho malestar.

—La mala hostia te mata. Fíjate lo que te digo, Cipriano.

—Mi madre decía que era de no follar. Enviudó a los veintiún años y ya nunca más. Decía mi madre que estaba enloquecida, que era como un volcán dormido. «La yaya tiene un termo de café que le arde en el coño», me decía. Fíjate qué cosas de decirle a un niño de cuatro años. Mi madre también...

—Cada madre es un mundo...

—Hasta que un día le pregunté a la yaya y se lio. Un disgusto en mi casa... Tú imagínate. «¿Tú para qué le dices al niño esas cosas del termo?». Con mi madre no se llevaron nunca bien.

—Me puedo imaginar... No, no, la Mari no era por eso.

—Cómo va a ser por eso. Si hacía porno por eso no sería. Sería por lo contrario. Por follar demasiado.

—No, tampoco, es que era mala. Nació mal. Fíjate cómo sería que un día, la hija de puta resentida, que a mí me tenía atravesado porque yo le gustaba y no le hacía caso, me empezó a dar de hostias en el culo, que me puso... Grabando, ¿eh? Y que no estaba marcado por guion ni nada que me diese hostias, ¿sabes? Y que si vas a improvisar, que te van los cachetes, pues da cachetes de mentira, de teatro, suaves, falsos. Pues nada, oye, se le fue la mano a la muy subnormal. Y yo, que era nuevo, no me atreví a cortar. Y claro, por no cortar, ya me dejé... ¿Tú sabes qué es que se te duerma el culo a hostias, qué sensación? Y sin meniscos, ¿eh? Y cómo será la mente de traicionera que desde aquel día se me dormía el culo cada vez que grababa con la Mari, cada vez que follaba... ¡Pero ya sin darme hostias ni cachetes ni nada! «Se le duerme de nervios», me dijo el doctor. Empezaba a pensar, a pensar... «Que se me duerme, que se me duerme...». ¡Hasta que se me dormía! Un peso muerto ahí detrás, una mochila, pero en el culo. Y tú no quieras saber lo que pesa el culo muerto... No te lo deseo. No se lo deseo ni a mi peor enemigo. Y lo que cansa. Y lo que cuesta follar así. Pues una fobia, me dijo el doctor que era. Una fobia muy grande. Lo que me contabas tú. Nervios, miedos, inseguridad, manías... Y por eso no me gusta pensar. Lo que pasa es que con veinte años lo superas todo. Y tardé meses, pero lo superé. Era tan joven y estaba tan fuerte que me duchaba, me iba a cenar y me olvidaba de todo. Y a mitad de la cena ya me volvía el culo, ya me lo notaba. Y que descansaba por la noche como una marmota. Pero ahora no. Ahora no tenemos veinte años ni cuarenta ni sesenta. Yo ahora, de viejo, duermo fatal. Bueno, que no duermo. Y allí, oye, tríos, orgías... Bueno, lo que te tocaba. Todo lo raro me lo daban a mí. Como te pagaban pluses... Mi madre, viuda, todo el día llorando a mi padre... Que se tiró diez años llorándole a mi padre, que ya le vale a mi madre, que todo le recordaba a mi padre... La primavera, el verano, la Navidad y la Semana Santa. ¡Todo! ¡Que hasta en la sopa veía a mi padre, la mujer! Y claro, no trabajaba, solo lloraba. Y todo lo raro pal *nen:* sado, maso, cadenas, cachetes... «Uy, esto que lo haga el *nen,* que no se corta». Pues claro que me cortaba, pero en mi casa no entraba ni un duro... Y donde había plus ahí estaba yo, como un jabato, con veinte años, para cobrar más. Y sin meniscos y sin notar el culo. Y al día siguiente, como nuevo. Me comía una tortilla de patatas en casa de mi madre y a volver a empezar. Y ahora me pongo de rodillas media hora y me tengo que tomar un ibuprofeno. ¡Qué mierda la edad, de verdad! Pero... mi madre no paraba de llorar... ¿Qué iba a hacer? Ella lloraba y yo follaba. Y mi hermana estudiaba. BUP y luego INEF. Y ahora trabaja en Correos. Es la lista. A mí que no me ha gustado follar en la vida... No me mires así. No me ha gustado. No me gusta. Y a mi hijo tampoco. Mi hijo es igual. Y la novia, lo mismo. El mayor, el pequeño no para. Tiene una ansiedad... Es como un conejito. Y el mayor me lo dijo: «Papa, follar a mí no me gusta. ¿Voy al médico? ¿Qué hago?». Digo: «¿Al médico? ¿De qué? Si no te gusta, no folles, tú que puedes...». Y con la novia, que es igual, no follan. Van al cine. Y están la mar de bien. Tienen un chino de cuatro años adoptado, que no habla pero que se ríe mucho, y son la mar de felices. Cada familia es un mundo.

—Pues qué suerte, la verdad. Porque, oye, el mío pequeño, José Manuel, va de una cosa a la otra. Desorientado perdido. Ahora todos sus amigos quieren hacer porno. ¡Pues él, porno! En febrero me dijo que todos sus amigos querían hacer Historia del Arte. Pues él, Historia del Arte.

Dice que quieren hacer algo todos juntos. Que no se quieren separar. Las chorradas que dice con veintidós años. No sé si es que son todos maricones o que son muy amigos. O que son gilipollas, que también puede ser...

—Tú sabes que yo ahora no puedo ver porno, ¿no? Te lo he comentado, ¿no? El otro día me dice mi mujer: «Venga, me voy a poner una porno, que hace tiempo que no...». Por hacer algo diferente, porque estaba lloviendo y pasear... pues no. Digo: «Claro, cariño, ponte la porno. Todo el día con el *Sálvame*». Bueno, se pone la porno y me pongo a llorar... Con una congoja, con un sentimiento... Con un desconsuelo, como cuando vi *Titanic*... Yo no sé si fue nostalgia, si fue melancolía o el vino de la cena, que tenía mucho cuerpo, pero algo me hizo clic aquí, en el corazón, o aquí, en la cabeza. ¡Algo me hizo clic! Digo: «Carmen, termínala tú, que yo esto no puedo». ¿Como cuando ves un vídeo con tus padres de niño, que te da emoción? Pues igual. Y me metí en la cama y me puse a llorar con ruido y con todo.

—Te entiendo perfectamente. Tenemos la misma edad.

—De todas formas, lo de tu hijo... Ahora todo el mundo quiere hacer porno. Como cuando hacen series de hospitales, que todos quieren ser médicos. Se creen que esto es follar y cantar... ¡Y ganar...! ¡Y no!

—No, pero él lo del porno lo dice de siempre, ¿eh? Desde antes de los amigos estos subnormales que tiene. Y lo peor es que yo le veo que sufre, ¿sabes? Que no está bien. Y que no tiene personalidad ninguna. Eso también lo veo. Y que es muy influenciable. Y que no es muy listo y eso no le ayuda. Muy listo no es. Yo lo veo todo. Veo demasiado, veo más allá, la mierda que vendrá. Y yo lo que le digo es: «Estudia. Y si luego te sigue llamando la atención lo del porno, pues te metes al porno». Yo qué sé, Gabino. Tampoco voy a cortarle las alas como me hicieron a mí con lo de los llaveros... Ya buscaríamos la manera de entrar en el mundillo. Yo contactos no tengo, pero ya buscaríamos. Yo, en lo que pueda, le voy a ayudar. Pero es que lo veo tan desorientado, tan... Me da una pena... Un día se tira viendo documentales de Hitler hasta las cuatro de la mañana, que piensas: «Está ganando fuerza lo de la Historia del Arte». Y al día siguiente...: «Papá, a mí lo que me gusta es la pornografía...». Como esperando que yo le diga: «Pues nada, hijo, si es lo que te gusta... ¡A por ello!». Y yo qué quieres que te diga, no lo veo una profesión seria. Como fontanero, como mecánico. Y perdona, ¿eh? Ya sé que tú... vienes de ahí. Es que ganarse la vida follando es como ganarse la vida cantando. Que son profesiones que parecen de broma. Cosas que se hacen para distraerse, para pasar un rato. Follar, cantar y bailar... ¿Quién te paga por eso? Tienes que ser muy listo. Y José Manuel no es listo, no... Le cuesta. Y seguro que no tengo razón y que soy un antiguo. Mira Pavarotti, la pasta que debió de ganar cantado. Y seguro que, cuando era solo un niño gordo que cantaba en la ducha, su padre le diría lo mismo que yo: «De cantar no se come, Luciano». ¡Y mira! Por eso te digo que nunca sabes... De todas maneras, todos estos que se ganan la vida con oficios tan poco serios tienen que ser todos inteligentísimos. Y mi hijo no, pobre. No es inteligente. Se le amontona la vida.

—Pues si no es inteligente, pues Historia del Arte.

—Yo lo que le digo, para no deprimirlo, es: «Prueba en

verano con la cosa del porno y ya lo ves...». Y lo mismo no vale. No vale todo el mundo. A lo mejor, si prueba, se desilusiona. Sería la manera. No sé... Y se olvida y se decanta por los ordenadores, por ejemplo, que a mí me encantan los ordenadores.

—¿Te puedes creer, Cipriano, que yo no he tocado nunca un ordenador? ¿Que no lo he tenido en las manos? Parecen tan delicados, tan importantes, que prefiero... Hay gente que no ha tocado nunca una gallina, ¿no? Pues yo con los ordenadores... ¿Se me cae al suelo y qué? Me pasa igual con los bebés. Que no me gusta cogerlos por si se me caen y se quedan retrasados del golpe.

—Pues a ver tú, que dominas el tema, si puedes hablar con él y le cuentas las miserias y las realidades. Y que se tiene que esforzar, y que se te dormía el culo, y... Bueno, el día a día, que sepa lo que hay. Porque él y sus amigos quieren hacer porno, pero a su manera, ¿sabes? ¡Que esa es otra! Y es lo que le dice Gloria, su madre, que está desesperada, que le dice: «Vale, ¿quieres hacer porno?, pues haz porno. Pero entonces pon todas tus energías en el porno, José Manuel. Decídete y enfoca, y a por todas. Y déjate de peros y de dispersiones». Porque le pone peros. Y... «esto sí que lo haría, pero esto no». Y lo que dice su madre: «Cuando empiezas en algo, sea porno, sea fontanero, no puede ser uno tan selectivo, tan exigente». Pero él no la escucha. «Mamá, yo con un chico no me quiero enrollar. Yo solo con las chicas...». Y Gloria se agarra cada cabreo... «Pero ¿qué gilipollez es esa?», le dice. Gloria es muy madre, pero muy directa, ¿sabes? «¡Pues estudia electrónica ¡O carpintería ¡Y búscate una novia y cásate! ¡Pero si te quieres dedicar al porno, te dedicas al porno! ¡Punto!

¡Sin manías ni mariconadas! ¡Y en toda su extensión!». Y los amigos la escuchan, ¿eh?, a Gloria. El grupito ese de los subnormales se quedan todos con la boca abierta, no te creas. «¡Esto no son unas vacaciones en el *camping*, chicos! —les dice—. Es un trabajo. Y en el trabajo se tiene que estar a todas. ¡¿Quién quiere hacer esto?! ¡Yo! ¡¿Y quién quiere hacer lo otro?! ¡Yo! Y se te tienen que ver la buena voluntad, la predisposición, el esfuerzo, el sacrificio. ¡Y si te toca con un tío, pues te ha tocado con un tío! ¡Y si los tíos no te gustan, te aguantas! ¡A mí tampoco me gustaba fregar escaleras!». Gloria es muy lúcida, ¿sabes? Tiene esa visión de madre que a mí a veces se me escapa. Que se me escapa pero que me atrapa. Y lo que le dice ella: «Es como si un actor de cine te dice que solo le gusta hacer películas del oeste. ¡Pues algún día tendrás que hacer un musical, aunque eso sea una mariconada! ¿Estáis buscando trabajo o estáis buscando el amor de vuestra vida? ¿Qué más da con quién te toque? Mientras haya higiene y amabilidad... Si lo importante debe ser coordinarse. Movimientos y posturas. Y, por supuesto, la educación, el respeto. Pero amor aquí no hay, José Manuel —le dice Gloria—. Hay bondad o mala hostia. Pero en la pornografía no busquéis amor. Y que te folle una buena persona es un lujo. Porque cuando trabajas con buenas personas, hagas lo que hagas, la alegría está ahí. Y trabajar con alegría es un regalo. ¡Un regalo de Dios!».

—Qué sabia es Gloria, de verdad. Y qué suerte has tenido.

—Mucha mucha. Los amigos la escuchan con los ojos así. Hay tres que ya quieren hacer Magisterio y uno negro que venía, que no crece, que es así de bajito, a ese no le he vuelto a ver. Pero Manolito no escucha ni a Gloria ni a nadie. Manolito no piensa. Manolito solo piensa lo que le apetece a él. Estamos criando una generación de atontados, de incapacitados. Son vagos. Punto. Se lo hemos dado todo y les hemos generado una minusvalía: la incapacidad total para el mínimo esfuerzo. Como los pingüinos, que olvidaron volar. Tú, a día de hoy, pídele a un pingüino que levante el vuelo. ¡Te manda a tomar por culo!

—Mira, ya sale. ¿Disparas tú o disparo yo? ¿A quién le toca?

—Tira, tira... Yo me voy incorporando, que si no después... Me van a tener que venir a levantar con una grúa...

—Qué asco la edad. Qué absurda...

—La edad es como el bazo. No vale para nada.

LOS MUERTOS DE MARITRINI

Esas cosas que me cuenta María Trinidad Rodríguez, la asistenta del bar La Amistad, donde suelo tomar el café.

Mi padre lleva difunto cuarenta años y hace dos años tuve un susto... El Día de Todos los Santos, que fui a limpiar la tumba. Como está en un tercer piso y aquello no está ni asfaltado ni nada, pues que casi me pego una hostia que por poco me mato con la escalera. Mira qué boca tengo ya. Como mi madre. Qué pena, qué cosas de heredar, qué caprichoso el azar. Total, llamo a mi hermano a Portugal, que vive en Portugal, y le digo: «Fernando, hay que mover al papa». ¡Y me dice que no! «¡Hay que bajarlo al primer piso, que he perdido equilibrio, que tengo tocada la estabilidad!», le digo. ¡Y me dice que no! ¡Y dos años así! Que cada vez que había que limpiar la tumba, ni dormía. Claro, yo antes, con veinte años, trepaba como una mona, que siempre he sido muy bailarina, muy elástica... Pero con cincuenta y siete me da miedo de caerme. Y le he cogido aprensión a la escalera. Aprensión y que el riesgo ya no me llama la atención como antes. Y después de dos años luchando, ha cedido mi hermano y ya lo hemos movido. Ayer fue mi marido para supervisar. Como está en el paro, digo: «Échale un ojo y así te distraes».

Lo sacan de arriba, lo ponen abajo. No hay que tocar, no hay que ayudar, no hay que manipular. Solo ver el traslado y firmar. Y para que mi madre no notara el movimiento, para no alterarla, para no confundirla, como tiene demencia, no le dijimos nada. Y lo pusimos todo igual, pero dos pisos más abajo. El mismo mármol, los lirios de plástico, María Auxiliadora... Todo. Hasta una estampa descolorida de Santo Domingo que había detrás del cristal. Y yo le dije a mi marido, digo: «Ya, cuando vaya mi madre, le decimos: "¡Mira, el papa!". Y ella ya mira donde tú le digas y se queda conformada y alegre».

Ella, la pobre, ya no sabe si el papa está arriba o abajo o en medio. De un año para otro se puede haber movido, yo qué sé. Total, que la lleva mi marido al cementerio esta mañana y sí que lo sabe, sí... Ya lo creo que lo sabe. Se ve que cuando lo ha tenido así de cara, que ya no estaba arriba, que lo ha visto a su nivel, que lo ha tenido frente a frente..., le ha empezado a decir unas guarradas y unas barbaridades... Y unas verdades como puños también, que lo ha puesto de putero para arriba... Que todo lo que no le dijo hace cuarenta años le ha salido por la boca y algo más. Como la demencia la tiene desatada, se ha dejado ir, se ha liberado. Y ha sacado la inmundicia y la pus. Menos mal que es lunes y no había nadie. Se ha empezado a desnudar allí, delante de todos los muertos, y se ha quedado en bragas, la marrana. Las bragas, de momento, nunca se las quita. Claro, al pobre de Manolo, que ya está delicado, le ha dado la ansiedad y se ha tenido que tumbar en el suelo para hacer los ejercicios de la ventilación. Un esperpento todo. Ha llegado el vigilante, que era un crío de suplencias de verano, que tienen a uno para todos los muertos, que es una vergüenza, y se ha quedado... ¡Pues eso, muerto, tú imagínate...! Un tío tumbado en el suelo, respirando asfixiado, y la yaya en tetas gritándole al mármol... ¡Un cuadro de Goya! Y encima voy por la tarde y veo que a mi padre lo han puesto tumba con tumba con la de mi tío, que se murió hace nada y que se odiaban. ¡Que no se hablaron desde los veinte años! Y yo digo: «¡Madre mía! ¡Madre mía...! ¡Yo no puedo estar en todo!».

Total, que entre que lo hemos movido y con mi tío codo con codo, debe de estar mi pobre padre removiéndose en la tumba. Que no quiero ni saber... Y todo por mi culpa. Qué desastre, qué fallo más grande. Yo que lo hacía de corazón... Para que luego digan que la buena fe no es una mierda.

ÑOÑO

Últimamente me emociono con facilidad. Los años me han vuelto llorica. Hay ciertas músicas que pueden conmigo, ciertas situaciones que me colocan la nuez en zonas comprometidas que me quiebran la voz. Ciertas visiones que me enternecen hasta, literalmente, descomponerme. Estoy hecho una nena. Últimamente soy un flan. Pero me importa poco. Me sienta bien. Casi me gusta. En fin, ahora estoy así.

PERDONAVIDAS

Hay algunas personas que se sienten mejores que otras por haber nacido en una zona concreta de la geografía igual que hay algunos católicos que se sienten mejores personas porque tocan la guitarra en misa. Son ese tipo de gente que siempre te está perdonando. Aunque tú no se lo hayas pedido, aunque no sientas haber pecado, los tíos de las guitarras te perdonan por cojones, movidos por un tipo de bondad de la que, según ellos, tú careces.

EL MÁS RICO DE LOS POBRES

De niño no sabía que no éramos ricos. Siempre pensé que sí. Hasta que fui mayor y vi que otros tenían más o mucho más, y comparé. Fuimos los primeros de la escalera en tener tele en color o calefacción de gas. Fuimos los primeros en casi todo. Y siempre, en general, me pareció que íbamos a más. Bueno, es que íbamos a más. Hombre, no esquiábamos, pero es que solo se esquiaba en la tele. Cuando salí del rellano, de la escalera y del barrio, me quedé estupefacto.

A LOS HIJOS

A diferencia del resto de las relaciones humanas, a los hijos se los quiere a pesar de cualquier cosa, se los quiere siempre. Más allá del sentido común. Por eso se les desea toda suerte y a menudo se los ama con miedo. El miedo de cuando quieres demasiado. Miedo a que te los pierdan, a que te los roben, a que se hundan, a que te los maten. Miedo a sobrevivirles, a que no les salga bien y los atrape el desencanto, a que se aburran en exceso. A que, cuando lleguen huérfanos al trago de la vejez, no los arrope nadie.

Por supuesto, tener hijos tiene algo de desconcertante. Querer a alguien más que a ti mismo no es racional, es enloquecedor.

Por otro lado, nace del desorden que supone la paternidad, una mezcla de paz intensa, de amor incondicional y casi como la tranquilidad absurda de que siguen por ti. Como si cuando te fueras te murieras menos. El apego más duradero de los apegos, el más incondicional, el más injusto por naturaleza, porque sabes de antemano que aquí vas a ser tú el que quiere más, y no te importa.

MI TÍA ASUNCIÓN

Me trae sin cuidado cómo tengas a tu hijo. Si el parto es natural o con dolor o en tu casa debajo del agua o en la mía debajo de la cama. Si te lo sacan con pinzas o si te vas a la China a buscarlo. No es importante. Ten a tu hijo como te dé la gana. Lo que tiene que importarte es que aparezca. Y lo de sin anestesia, pues bueno. Yo hice muchos esfuerzos para pagarme un hospital y mucha cola para que no te faltaran vacunas. Y cuando me operaron de los riñones me pedí dormirme. Por eso no te comparto.

En mi tiempo había tantos dolores que había que evitar los evitables. Y no te dolía tanto el alma porque te dolía la espalda. Estamos demasiado lejos para entendernos. Basta con que nos respetemos sin mala leche, sin mucha rabia. Pensando que se puede pensar diferente. No sé. Es muy difícil también para mí. ¿Yo qué quieres que te diga? A veces pienso que el aburrimiento hace estragos. Que existen maneras distintas de ser diferente. No me parece tan importante la forma en que llegue al mundo. El caso es que llegue y que luego lo cuides. Al fin y al cabo, los hijos no son ni de quien los pare ni de quien los ama. Son de quien está por ellos.

OBITUARIO DE RICARDO OSORIO

Para Ricardo tratarte bien era el detalle de un día, un valor itinerante, una deferencia muy valorada. En la época en que coincidimos, solía generar, ya desde por la mañana, malestar, tensión, crispación, ira, bochorno. Y si es cierto que la paz que uno desprende equivale a la que siente, él vivía en la primera línea del desasosiego, en una enfermedad agotadora. Jamás nos obsequió, no pudo, con algo de tranquilidad. Y al que lo hacía lo consideraba débil, flojo, imbécil. Y le odiaba y le hundía. Porque solamente el malestar del otro le calmaba algo.

Por eso está solo. Solo de mal acompañado. Acompañado de gente que se quiere marchar, que ya no quiere hablar nada porque no quiere arreglar nada. De gente que te sonríe, pero se escapa, que no te llama ni se sienta contigo a comer.

Ninguno estamos cerca. Nos hemos marchado. Sin él se está siempre mejor que con él. Y cuando suena el móvil y aparece su nombre, nunca te hace ilusión. Hace un año hablamos por teléfono. No sé para qué llamó. Para lo que llama siempre, para saber si estás mal. Sus frases estaban llenas de amargura, de desesperanza, de esfuerzos para herirte. Y desprendía, como siempre, mucho asco por la gente y las cosas. Tanto que cuando colgó solo me quedaron el mal cuerpo, la pereza de encontrarnos y el alivio de saberme muy lejos.

Ayer, que fue mi cumpleaños, pensé invitarle a cenar, por eso de que habíamos sido muy amigos, porque lo habíamos compartido todo, por lo que nos quisimos, por estar en paz. Pero a la gente que te ha tratado mal, como nos trató él durante tantos años, se la puede perdonar o algo así, pero no se la puede volver a querer. No te sale. A la gente que te ha querido mal, y así nos quiso él, hay que decirle adiós sin miramientos. O no decirle nada, pero irse. Por autoestima, por dignidad y porque cuando ya no queda nada de amabilidad hay que salir corriendo. Para respirar tranquilo, sin estupor, sin sustos. Y pensé que, para estar en paz, no tenía que cenar, sino seguir manteniéndolo lejos. Por salud, uno debe saber dónde no tiene que volver.

Supongo que hay gente a la que quieres más si no sabes de ella, si no la ves o te dicen que se han marchado a vivir al Caribe. Entonces, con el tiempo y la distancia de por medio, piensas: «Tenía sus cosas buenas, claro que sí, pero que siga viviendo en Copacabana».

Como ya dijo Oscar Wilde:

Hay personas que llevan la paz a donde van.
Otras, cuando se van.

D. E. P.

PEPITA

Desde los quince años hasta los dieciocho, la Pepi fue mi amiga y con nadie hablé tanto como con la Pepi. Hablábamos en clase y en el patio, camino de casa, y al llegar a casa, nos llamábamos y hablábamos más.

Y aunque de todas aquellas horas de conversación no recuerdo una sola palabra, sí tengo la sensación de que, en esa edad en que no se entiende casi nada, hablar sin parar, casi obsesivamente, nos hacía bien.

Sé que la Pepi fue mi amiga porque le conté mi corta vida, le conté hasta donde pude, hasta donde supe hacerlo, hasta lo que comprendía y hasta lo que me atreví. Y a su lado comencé a diferenciar lo que me hacía reír de lo que no.

Sé que yo, a esa edad absurda, estaba triste casi siempre. Y no tuve otro remedio que cambiar o morirme de pena y de miedo.

La tristeza y el miedo que a veces se sienten a los quince años, cuando no comprendes nada, no vuelven a sentirse tan intensamente casi nunca ni nunca vuelven a tenerse tan pocas armas para vencerlos. Solo pueden compararse, creo, a lo que uno siente sesenta años después, el primer día que se pierde en su casa camino del baño.

Sé que ella estaba demasiado bien entonces, que no deseaba que nada cambiara y que hubiera vivido cien años así.

En esa edad incómoda en que todos soñábamos ser algo, ella no. Ella quería ser eso que se terminaba; una estudiante de COU para siempre. No deseaba nada con más empeño y nada se le escapaba más.

Con el tiempo, la nostalgia pudo más que ella y el dolor de no poder volver atrás se le llevó las ganas de las cosas. Cuando en verano terminamos, la Pepi se quedó vacía y se hundió sin prisa. Y aunque la inercia la llevó hacia otros mundos, nada le gustó lo mismo y el desencanto la atrapó. Se cansó de luchar, ni siquiera empezó. Se acomodó entre la pena y el miedo, y allí se quedó sentada treinta años recordando.

CADA QUIEN ES CADA CUAL

A veces existe gente que vive vidas muy pequeñas no por torpeza ni mala suerte, sino porque les da pereza vivir vidas más grandes. Son ese tipo de gente que ni se cuida ni se descuida, que ni se gusta ni se disgusta, que no sueña, que dormita, que se da igual, que no llora, que se ríe poco. Que ni quiere ni busca. Y que son, desde los veinte años, más partidarios de una buena tortilla que de un buen revolcón. Gente que florece raro.

BUENA GENTE

A partir de los cuarenta decidí rodearme de buena gente y el ejército de retorcidos, esnobs y tarados fue dando paso a un grupo de personas de las que se entristecían si las cosas me iban mal y de las que se alegraban cuando me iban bien. Gente aburrida.

A los cincuenta volvieron a apetecerme de vez en cuando los tarados. Pero ya como capricho, mandando yo, sin tomarlos en serio y con derecho a marcharme.

Hoy me encuentro en ese punto dulce de la vida en el que lo que quise y lo que tengo se parecen bastante. Y no necesito que me quiten nada para darme cuenta. Soy muy consciente de ello y le doy todo el valor que tiene, un alto valor.

La filigrana de la cosa estaba en alcanzar la paz, una cierta paz, y en esquivar el miedo, y en aprender a vivir con los propios conflictos con naturalidad, con dignidad, sin tonterías.

MI AMIGA NATALIE

A mí me había preocupado siempre mucho que todo lo hago más lento que el resto de los humanos y que el tiempo y la vida no me daban de sí. Y aunque mi entorno se esforzó mucho por enseñarme, jamás aprendí a tener prisa. Y la presteza, la rapidez, se me hizo bola. Hasta que un día me dijo una amiga que no entendía mi preocupación: «Es que tú eres una planta. Y por eso vas más lenta. Vas a ritmo de planta». Y de repente dije: «¡Hostia, claro, soy una planta! ¡Ahora lo entiendo todo!». Y ya me relajé.

Una puede luchar contra la naturaleza hasta cierto punto. Pero una vez que has superado el desconcierto de saberte vegetal, todo es más fácil.

COSAS QUE TE PASAN POR SALIR EN LA TELE

(Guion basado en hechos reales. Muy reales).

El actor espera que le recoja un coche para llevarle al plató. Está sentado a la mesa de un bar. Lee el periódico. Se le acerca un camarero.

CAMARERO.— Oye, ¿tú eres... el que yo creo que eres...? Es que estamos ahí, con un compañero, que si será no será... Eres, ¿no? Porque yo digo: «Paquito, yo creo que es».

ACTOR.— ¿El de la serie? Sí.

CAMARERO.— *(Gritando)*. ¡Paquito, que es! *(Se acerca Paquito).*

PAQUITO.— *(Señalando al actor como si este no estuviera presente, como el que señala una estatua de piedra)*. Ja, ja, ja. Sí que es, sí. Ja, ja, ja. *(Le toca con el dedo, con curiosidad).*

CAMARERO.— Es que le he dicho a Paquito, digo, «yo diría que es él». ¿Te lo he dicho o no te lo he dicho, Paquito? *(A* Paquito*)*. ¡Coño, habla, Paquito! Se ha quedado muerto. Es que es muy cortado, Paquito. Tiene la mujer malita, que... Un cuadro. Dos críos... En fin...

ACTOR.— ...

PAQUITO.— *(Señalándole de nuevo la rareza)*. Ja, ja, ja. Es igual. Ja, ja, ja. Y habla igual.

CAMARERO.— Qué coño va a ser igual. En la tele parece más viejo. ¡Y más gordo! ¡En la tele pareces un viejo, macho! ¡Coño, si eres un chaval...! Y mira que no me gusta molestar, ¿eh? Pero digo «no me voy sin...». Bueno, una foto sí te tienes que hacer, ¿eh? Que mi hijo me mata... ¡Tú eres su fan!

PAQUITO.— Al revés, el fan es tu hij...

CAMARERO.— ¡Cállate! ¡Es su fan número uno, coño!

PAQUITO.— No, que digo que...

CAMARERO.— ¡Que te calles!

ACTOR.— Sí, ahora cuando me termine el café con leche hacemos las fotos. Es que no tengo ni cinco minutos y...

CAMARERO.— *(Levantándolo de la silla)*. Olvídate del café con leche, te lo regalo. ¡Paquito, que le hagan otro! Venga, vamos a la cocina, que cuando te vea mi hijo... Lo tengo fregando platos. Es ingeniero, pero como no hay trabajo... ¡Que friegue, el hijo de puta! ¡Que haga algo!

Entra un taxista muy joven.

TAXISTA.— ¿El señor J. Sánchez?

ACTOR.— Yo.

CAMARERO.— Pero ¿cómo te vas a ir? ¡Coño, si no has desayunado...! ¿Y el café con leche? ¿Quieres un vaso de plástico? ¡Paquito, vaso de plástico! ¡Y que salga ya el atontado de mi hijo, que se va este hombre...!

CORTE A:

Se ha formado un pequeño tumulto en la puerta. El actor permanece de pie, sin poder avanzar, con un café con leche ar-

diendo en un vaso de plástico. Intenta ser paciente con una señora que no se calla y su ensimismado marido.

SEÑORA.— ¿Sabes a quién vimos un día también?

ACTOR.— ...

SEÑORA.— Sí, hombre... ¿Cómo se llama? Un chiquito joven, así muy catalán también, con melenita, muy majo, muy maricón... ¿Cómo se llama?

ACTOR.— ...

SEÑORA.— Sí, hombre... Que siempre le digo a mi marido «este chico lo hace bien también». Ay, qué rabia... *(Con pena)*. Que podría ser modelo, pero mira, actor... *(Al marido, que no habla)*. ¡Ayúdame, Carmelo! *(Al actor)*. Es que no ve la tele. Se duerme. Pobre, lo tengo en el paro y no... Está sin ilusión.

ACTOR.— Ya, bueno...

SEÑORA.— Bueno, el caso es que lo tuvimos, al famoso, como de aquí allí, que estiro el brazo y lo toco. *(Al marido)*. ¿Eh, Carmelo? *(Al actor)*. Que no lo toqué, no se habría entendido lo que estaba haciendo, pero que poder, podía...

ACTOR.— *(Intentando avanzar)*. Perdón, ¿eh?, es que...

SEÑORA.— Ahora se irá y me vendrá, ya verás... *(A Carmelo, con asco)*. ¡¡Ay, Carmelo, de verdad, lo que has perdido...!! Ya no te acuerdas ni de cómo te llamas.

CARMELO.— *(Off)*. Carmelo Fernández Sánchez.

Un ejecutivo con traje aparece de la nada con una tarjeta de visita en la mano.

EJECUTIVO.— Perdón, ¿eh?, no te quiero molestar. Soy asesor financiero. Cualquier cosa que necesites, me llamo Vicente. No dudes en ponerte en contacto. Buen trabajo. Buenos días.

El hombre se va. El actor intenta avanzar. Se le cruza un señor tenso.

S. TENSO.— Mira, mira, mira, quién está aquí. Mari Carmeeen, corre.

Se acerca una niña.

S. TENSO.— ¿Qué? ¿Quién es? ¿Eh...? ¿Quién?

NIÑA.— No sé. Un señor.

S. TENSO.— ¿Quién es?

NIÑA.— Ayyy... No sé...

S. TENSO.— Míralo bien, ¿no te suena? Mírale la barba, si es igual...

ACTOR.— *(Sonriendo forzado).* Pobre, déjela, si... Es que me tengo que...

S. TENSO.— *(Al actor, muy borde).* ¡Chst! ¡Es un minuto, coño! ¡Párate! ¿Qué te cuesta? ¡Que os tenemos en casa todo el puto día...! *(A la niña).* ¿Qué serie vemos el domingo por la noche con la yaya Teresa?

La niña no se acuerda.

S. TENSO.— ¿Cómo se llama el señor de los pescados?

NIÑA.— Pescadero.

S. TENSO.— ¿Y...? *(Señalando al actor).*

NIÑA.— Pescadera.

S. TENSO.— ¡No, coño! «Si tiene una cena de gala, llévese una cigala. Si tiene una cena muy fina, ¿llévese...?».

ACTOR.— Da igual, de verdad. Perdone, es que...

S. TENSO.— *Pérate,* coño, cómo sois los de la tele...

NIÑA.— «Si tiene una cena muy fina... ¡Puta!». *(La niña se va corriendo).*

S. TENSO.— *(Muy alterado).* Uy, es que es nerviosa. De colon irritable.

ACTOR.—Ya, bueno, no pasa nada. *(El actor empieza a irse).*

S. TENSO.— A veces me dan unas ganas de pegarle una hostia a la niña...

El actor se escabulle. El señor le persigue comiéndole la oreja.

S. TENSO.— *(Muy tenso)*. Es que nació con una intolerancia a la lactosa y todo lo que lleva lactosa se le va por el colon para abajo. Retortijones, diarreas... ¿Qué le voy a contar...? Y claro, la hemos mimado. ¡La hemos mimado y la hemos cagado pero bien! Es tensa, es borde... Un cuadro de niña, un asco, la verdad. Y...

El actor se mete en el taxi y el taxista cierra la puerta desde fuera.

S. TENSO.— *(Off)*. ¡¡¡Mari Carmen!!! ¡Ven aquí, subnormala!

De repente, un individuo introduce el cuerpo por la ventanilla. El actor se asusta. (Otra opción sería que el tipo estuviera sentado dentro del taxi).

ACTOR.— *(Dando un respingo)*. ¡Hostia!

INDIVIDUO.— Veraneas en Menorca, ¿no?

ACTOR.— Sí, pero...

INDIVIDUO.— Lo sé, lo sé. Nos cruzamos en el súper. Te gusta la birra, ¿a que sí? Tú no me ves, pero yo... Y el vino tinto también te gusta. ¿A que sí? Y al arroz bomba también le pegas. Si lo sé todo. Compras los viernes por la tarde en Villa Carlos. ¿Sí o no? Buenísima, la serie, ¿eh?

ACTOR.— Gracias, pero por favor...

INDIVIDUO.— *(Enseñándole una foto del móvil)*. ¿Ves esta casa de aquí? ¿La de las rocas? Es mía.

ACTOR.— Ya.

INDIVIDUO.— Cuando quieras estás invitado. Una paellita el domingo, cervecita de tu marca... Sin problema. Fue una ganga. Me dijeron: «Oye, una casa en la playa, con vistas al mar, 300 000 euros», una gente que se la quería sacar de encima, un tío que necesitaba pasta. Oye, así que cuando quieras... Está dicho.

ACTOR.— *(Que no sabe qué hacer con el vaso).* ¿Quieres un café con leche?

INDIVIDUO.— ¡Anda! ¡Pues gracias! Qué majo... Gran actor y mejor persona. Me voy, que no me gusta molestar.

El individuo desaparece. El coche arranca y sale. Por fin hay silencio. El actor se dispone a leer el periódico. Lo abre por la primera página.

TAXISTA.— ¡Hostia, hostia, hostia, qué hijo de puta, el pescadero de *La que se avecina*! ¡La madre que me parió! ¡Cuando les diga a mis amigos que te he llevado...! ¿Sabes a quién he llevado también, justo ahí sentado con todo su culo, donde tú estás, justo ahí? Al Toño de *Hombres y mujeres, y viceversa.* Muy majete también, el chaval. Así como tú, pero con pelo. Muy así. Que me contó que folla, el hijo de puta, lo que no está escrito. Lo conoces, ¿no?, al Toño. ¿Os encontráis allí?

ACTOR.— ¿Dónde?

TAXISTA.— ¡Coño, en la tele! Guapete, jovencillo, así... Pero, vamos, que no es por eso por lo que folla. Guapete también soy yo. Que si sales por la tele, pues ya está. Tú te debes de hinchar a follar, ¿eh, pescadero? ¡La madre que me parió, qué gracia! ¿Tú cómo te llamas *en verdad*?

ACTOR.— Jordi.

TAXISTA.— No, no, en la vida real.

ACTOR.— Jordi.

TAXISTA.— No jodas. ¿Sí? Pues no te pega. Yo creía que eras Jaime, fíjate.

ACTOR.— No, no, pues es Jordi.

TAXISTA.— No, pues Jordi no te pega, no. Bueno,

pues... *(Con cara de «No sé si me gusta para ti»).* Jordi, que te debes de pasar el día follando como un cabrón. No me digas que no, Jordi.

ACTOR.— ...

TAXISTA.— ¿No? Yo, si fuera famoso, no haría otra cosa. ¡Follar, follar, follar! Yo estoy liado con una taxista así jovencita, también de mi edad, gorda, guarra, y en cuanto puedo, nos empotramos. No te molesta, ¿no?

ACTOR.— ¿A mí? Haz lo que...

TAXISTA.— No, que te cuente. ¡Joder, ya me he *empalmao*! Es que como para mí hace ya tanto que te conozco... Como te veo cada noche... Eres como un colega más, como de la familia.

ACTOR.— Claro...

TAXISTA.— Así que no follas... Se te ve cortadete. Así... No sé, triste. Jordi es catalán, ¿no? No eres de aquí. Estás aquí solito. Triste, claro... Si algún día quieres follar, te voy a dar mi tarjeta, que yo sé un montón de sitios de «putillas», como las que a ti te gustan en tu serie, pero de verdad, y vamos los dos y *encantao*...

ACTOR.— No, no, si...

TAXISTA.— Y que si quieres un tío, lo más de lo mismo te digo.

ACTOR.— No, de verdad, que...

TAXISTA.— Chssst, tengo un vecino en el bloque que por diez euritos te hace unas mamadas que te deja como Dios. Fíjate, diez euritos... Qué menos, pobre... Lo que son dos cubatas baratos. Cómo ha *golpeao* la crisis, ¿eh? Un chaval así finito, con gafas, que parece un profesor de matemáticas... Pues, oye, mamadas. Cómo engaña la peña... Estudió Mecánica conmigo en Fuenlabrada, en los curas. Era bueno el tío, ¿eh? Unas notas... Ya ves el título para lo que le ha servido. Y ahora quiere casarse, el chaval, y... Pues que no tiene un duro. Y el mariconazo se quita las gafas y..., ¡hala! *(Gesto de mamada)*. Ahí. Con el título detrás, en la pared. Y yo le digo: «No compres, alquila». Pero la novia es de comprar, muy clásica... Y está *encoñao,* el tío... Que le dice «tírate de un puente» y se tira. El amor... A ver... Y que tampoco pasa nada. Yo no juzgo, yo... ¿Me explico?

ACTOR.— Claro, claro...

TAXISTA.— Yo, a ver, yo una noche que estaba así..., pedo, que me dieron el ácido ese que te pone burro... Sabes, ¿no? La droga del amor. Ahora no caes, pero sí, seguro. La llaman la *Candyflip.* El día que lo pruebes lo vas a flipar, colega... Un día, ya... Quedamos y nos ponemos juntos. Bueno, pues me lo comí, colega, y... Y me tiré a mi primo. A mí que los tíos no...

ACTOR.— ¿Cómo?

TAXISTA.— Lo que te digo. A Javi, Javier, mi primo. Feo de cojones. Que soy su padrino de boda, que la mujer es murciana y fea como él. Al día siguiente, nene, un corte, macho... Ya ves, que es mi primo y que no pasa nada, que en la vida todo puede ser. Pero no sé, como incómodo, ¿sabes?

ACTOR.— Me imagino.

TAXISTA.— Que por la mañana te cuesta mirarle a la cara... ¿Sabes? Tonterías...

ACTOR.— Ya, ya...

TAXISTA.— Sí, sí, ya pasó. Pero que se te queda un par de días la cabeza rara. Luego ya te descojonas... A ver, y que no es lo mismo que con una tía, no te voy a engañar. Una tía es una tía y tu primo pues no. Te faltan las tetas, te... te faltan elementos. Te faltan cosas, ¿eh? Te sobran los huevos, por ejemplo... Así que tampoco te hagas una idea que no es; no es la hostia, no te voy a engañar... Pero son las cinco de la mañana, macho, y si a esa hora no has *pillao*... No pillas ni la morralla. No, la droga es brutal, te comes dos *pastis* y ya... Te da igual tu primo Javi que una farola rota. Y te vas *desfogao* y sin nervios, pero con el culo roto. No van a ser todo ventajas... Pero son las cinco de la mañana, oye... ¿Te vas a poner exquisito?... Mira, es allí. El 158. Diez euros *clavaos*. ¿Nos hacemos un... este?

ACTOR.— ¿Un qué?

TAXISTA.— ¿Un *selfis*? ¿O no te mola lo de las fotos?

ACTOR.— No, no, nos hacemos.

TAXISTA.— *(Le da una tarjeta)*. Lo que voy a presumir. Cristian, me llamo. Tu taxista de confianza. Llámame, ¿eh? Jordi. ¿Y eres del mismo Cataluña o de algún pueblo?

El taxista, haciendo el selfi, choca contra un muro. La cabeza del actor golpea contra el asiento delantero. Al separarse, vemos que le sangra la nariz. Al instante el cuerpo del Individuo, el de Menorca, entra por la ventana con una tarjeta de visita en la mano.

INDIVIDUO.— ¡Menos mal que tenía la moto! ¡¡¡Que no te había dado la dirección!!! Carrer de Ses Vaques Frisones, número 9. Es Castell. Mó. Menorca. ¡No tiene pérdida!

El actor, aturdido por el golpe, no sabe de qué le hablan, no se siente bien. Abre la puerta. Vomita.

Fin

CARMELA

Sí, ya me acuerdo: de su poco apego al cambio, de su ninguneo por el conocimiento, de su desprecio por la ecología, de su poco respeto por lo que no comparten, de su enfermiza falta de dudas, de su debilidad para convivir con otras voluntades. Claro que me acuerdo, no me voy a acordar... Si yo estaba.

Ser de ultraderecha es un defecto, una tendencia de carácter que se puede corregir. Y al igual que se tratan la agresividad, la gula o el miedo, pueden solucionarse otros trastornos del comportamiento que nos conducen a ser injustos, a fomentar la desigualdad con naturalidad, a ser peores personas. Ser de ultraderecha es de niño mimado, es infantil, es de niño asustado, es lo que en el cole te enseñan que es malo. Uno se coloca ahí cuando lo ha intentado todo y el buen camino no le ha salido bien. Y el miedo, los palos, la vejez o el desencanto te convierten en un egoísta. Yo misma, por ejemplo, soy de ultraderecha.

LO MEJOR DE CADA CASA

Siempre que tengo dudas sobre cómo es alguien, me acuerdo de cuando mi abuelo Mateu nos contaba que, durante la guerra civil, hubo fusilamientos por falsas denuncias de vecinos.

—Los había que te dejaban un huevo si te hacía falta y otros que te denunciaban sin motivo alguno para no devolverte los dos duros que les habías prestado la semana anterior.

Después de la guerra, con esas mismas personas, los del huevo y los de los dos duros, mi abuelo siguió haciendo reuniones de vecinos y comprando a medias bombillas para el rellano. Hasta que unos y otros murieron de viejos. Y fueron todos al funeral de todos, porque así se hacen las cosas, hasta que ya no quedó nadie por morirse. En esta vida todos nos hemos topado con gente que estamos casi seguros de que formarían parte del grupo de los que te denuncian. Alguien que sabes que te vendería, que te dejaría atrás, que te atropellaría para salvar el culo o que en una situación extrema podría encontrar razones para tu fusilamiento sin sentirse demasiado mal.

Roberto me cae mal más allá de su partido, me cae mal

en sí mismo, sin necesidad de otros. Se le nota demasiado que no es buena gente. Más que a los demás. Le habrán pegado o algo y se estará vengando. Es cizaña, es ponzoña. Roberto es ambición desmedida o por lo menos eso proyecta. No hay compasión, no hay escrúpulos. Es yo, para mí, por mí. Caiga quien caiga, peligro y miedo. Y pura desconfianza. Es ese amigo que no te cae bien y al que invitas a una cena por pena, y que para colmo te jode la cena. Y que todos te dicen: «¿Lo ves? ¿Para qué lo has llamado?».

EL DERECHO A NO HABLAR

No soy un político. No le he prometido nada a nadie. No le he dicho nunca a nadie cómo debe comportarse ni cuál es el camino correcto. Por eso no soy tampoco ni maestro, ni militar, ni cura. No sé cuál es el camino correcto. Seguramente, el mío no. Mi trabajo es distraer, hacer pasar el rato. No tengo por qué tomar partido públicamente sobre todo ni dar ejemplo sobre nada.

LA DEMOCRACIA DEL PUEBLO

Soy muy consciente, desde hace algún tiempo, de que, si quiero seguir trabajando en lo que más me apetece, lo mejor es que me calle. No hace falta mentir, basta con no decir nada. Pensar y votar aún se puede, y lo hago. Y escribir para uno mismo también. Hablar es otra cosa. Si hablas, pierdes. Si opinas, te castigan. Si compartes, lo pagas. Es peligroso. Te pueden hundir, demonizarte y borrarte, después de ponerte a parir. Solo se trata de saber dónde vives, de saber que somos menos libres que antes o que nunca lo fuimos, de tener las prioridades claras y decidir. Actuar en consecuencia según tus objetivos. No es difícil ni tampoco bonito. Y tiene mucho de vergonzoso, de injusto, de lamentable y de cierto. Yo lo hago desde siempre aquí y allá.

EL REPRESENTANTE

¡Juan Luis, déjate de democracia, cojones! ¡Que tengo la democracia atragantada! Todo el día con la democracia en la boca. ¡Qué pesado! ¡Que la gente es demócrata cuando todo va bien! ¡A ver si te enteras! Esto es como el racismo: si no hay negros, no hay racistas. ¡Pues igual! Y cuando van mal las cosas, la democracia se va a la mierda y los negros también. Y aparece la miseria y aparece la mierda, que es lo que mueve el mundo. La mierda mueve el mundo. No hay motor más potente: la porquería, la suciedad, la inmundicia, la roña, la cochambre... ¡Pura gasolina para el ser humano!

Y después de que ayer te pusieras sincero en el Facebook, a la gente le ha salido toda la asquerosidad del alma y todo lo ruin y todo lo roñoso. Y espérate a que llegue el fin de semana, porque cuando se junten el aburrimiento con la frustración y con la miseria que ya le viene a cada uno en su ser, lo que viene a ser la mierda cromosómica intrínseca, el linchamiento va a ser absoluto. ¡Monumental! ¡Te va a doler hasta el aliento!

Y no puedes permitirte perder tu trabajo. Ya te aviso. Porque no tienes otro. Ni a corto plazo ni a largo. Tienes que pedir perdón a esos hijos de puta de las redes sociales que te están fusilando, y te va a costar la tontería esta el contrato con la cadena más importante del país.

¿Cómo se te ocurre publicar esa mierda? ¡Que te quedas sin nada! ¡Que te lo quitan todo! ¡Que dejas de gustar y te vas a la calle! ¿Cuántas veces te lo he dicho? ¡Que no hay que decir lo que piensas! ¡Que no hace falta, cojones! ¿A quién se le ocurre meterse con los toros y con los toreros? ¡La fiesta nacional! ¡Y con la Virgen de Covadonga! ¡Y con las falleras! ¡Todo mezclado, todo junto, todo en el mismo tuit! ¡Un pifostio de tuit que resulta tan confuso que ha ofendido hasta a los muertos! Pero ¿a ti qué te han hecho las putas falleras? ¡Te dejo dos horas solo y la lías! Pero ¿qué te he hecho yo?

¿Acaso no he sido un buen representante? ¿Qué te digo siempre? ¿Qué te digo? ¡Que antes de fumarte un porro apagues siempre el ordenador! ¡Que se te va la cabeza! El otro día te metiste tanta marihuana que te liaste con las multinacionales, la liberación de Palestina y la cría clandestina de los galgos. Y escribiste dos veces en Twitter... ¡Dos!: «Muerte a la cría clandestina de los perros palestinos». Que me han llamado esta tarde de la embajada de Cisjordania para pedir explicaciones. ¡Gilipollas! ¡Y de la Franja de Gaza también tengo un mensaje, que no se entiende nada, y que ya lo he borrado! ¡Te voy a tirar el puto ordenador a la basura! ¡Que te pueden hundir!

Basta con tener las prioridades claras. No me parece tan difícil. Si es que no hay que mentir... Basta con no decir nada. ¿Cuánto hace que tú y yo nos conocemos? ¿Veinte años? ¿Y tú sabes algo de mí? ¿Sabes algo? ¿A qué partido voto? ¿Tengo algún hermano? ¿Antes fui mujer? ¿Cuál es mi segundo apellido? ¿A que no lo sabes? ¡De lo importante no sabes nada! Solo lo imprescindible. ¡Y de ti se sabe todo, gilipollas! ¡Hasta lo de la infección que tuviste en el culo por insultar en las redes sociales al cirujano que te subió las nalgas...! ¡Imbécil! ¡El país es el que es! ¡El planeta es el que es! ¡Así que ya estás pidiendo perdón!

Ah, y, por Dios, no escribas más la tontería esa de «más vale morir de pie que vivir arrodillado...». ¡Es una gilipollez! ¡Llevo arrodillado desde que nací y arrodillado se vive de cojones!

Me decía Antonio Pérez al respecto:

—Hay familias que, a través de las generaciones, acumulan en sus genes empatía y bondad. Y las hay que acumulan roña, mezquindad, miseria... Otras veces no te viene de familia. Basta con una vida, con unos pocos años, para convertirte en un puerco de manual. El caso es que los de la empatía se agrupan en las ONG y los del asco en el gen en las redes sociales. Uno debería poder medicarse para la mierda cerebral, igual que otros lo hacen para bajar el colesterol. Y a partir de doscientos de mierda, ¡pastilla...!

LA ANSIEDAD DEL ACTOR

Yo no puedo perder mi trabajo, no sé hacer otra cosa. Soy un inútil absoluto. No sé hacer nada. No sé cocinar, no sé conducir, apenas sé nadar, no sé colgar un cuadro, no entiendo los manuales de instrucciones, no sé cambiar el aceite de un coche...

Un día mi padre le dijo a mi madre: «Yo creo que el niño no vale para la vida, Paquita. Que está sin cualidades. Descualificado —le dijo—. No tiene talentos. Nos nació sin virtudes. Viene sin gracia alguna. Muy vacío. No brilla. No tiene luz ni luces. Ni para las carreras ni para los oficios. Ni para pescadero ni para pescador. Para esta vida terrenal no vale el niño, te lo digo yo. Este chaval vale solo para soñar y pensar. Y de los sueños y los pensamientos no come ni Dios».

Pero mi madre, que de los dos era la lista, le dijo que había algo que no hacía mal del todo: «¡Leer en voz alta no lo hace mal, el niño!». Y mi padre, que le tenía mucha fe a mi madre, después de darle muchas vueltas a la cabeza, despidió a los profesores particulares que había por la casa y me puso a leer a voces, cuatro horas al día bajo la luz del váter, que era la más potente de la casa, nunca entendí por qué. Y me tuvo cinco años leyendo los Evangelios en todas las misas que se celebraban en las nueve parroquias de nuestro distrito. «¡Hasta que los curas no se den de hostias para que les leas la primera lectura, tú no sales del váter!». Cuando quieras te recito la carta a los corintios de memoria, borracho como una cuba y con cinco porros en la cabeza. Y luego me obligó a estudiar teatro, que me apuntó obligado. Y luego, de *casting* en *casting*, que también me obligó. Todo obligado. Hasta que me cogieron en el culebrón. *«¡Colocao!»*, me dijo. Firmamos el contrato y al año se murió. Del esfuerzo, creo; del agotamiento, de lo que le costé.

«Lo que me has costado, hijo... —me dijo—. Pero ya está, ya cumplí, ya me voy».

Y se fue. Por eso no puedo perder mi trabajo. Porque lo único que podía hacer en esta vida para sobresalir fue exactamente lo que hice. Ese fue mi único talento. Bueno, el de mi padre. Encontrar mi cualidad, la única que tenía, porque no tenía otra, atraparla y no dejarla escapar. Para no ser el tío más gris y mediocre de la historia de España desde Carlos II, que nadie sabe quién fue. Y me he ganado la vida muchísimo mejor que todos esos subnormales que me insultaban en el colegio.

Así que sí, que voy a ir a donde tenga que ir y me voy a bajar los calzoncillos, las bragas o cualquier cosa que pueda llevar puesta ese día. Y les digo a esos hijos de puta que paren el linchamiento, que me equivoqué, que la cagué y que me encantan los toros y las banderillas. Y que el toro no sufre, que nació para esto, para que un tío en mallas le clave mierdas en la espalda. Y que quién fuera toro para morir así, con honores tan grandes y con un puñal en las cervicales. Y que viva España, moderna y monárquica, y el turrón de Alicante y la fallera mayor. ¿Cómo lo ves? ¿Añadirías o quitarías algo? Por supuesto, todo ello acompañado de una foto enorme mía, en Facebook, con Nuestra Señora de Covadonga detrás.

EL LEGADO DE MARITRINI

Esas cosas que me cuenta María Trinidad Rodríguez, la asistenta del bar La Amistad, donde suelo tomar el café.

A mi hermano, que no está bien, que está mal, mi tío Jesús le ha dejado todo su dinero. A él le ha dejado el dinero y a mí el nicho, su nicho. Porque sabe que lo voy a tener impecable y que seré generosa con las flores y el limpiacristales. Y ya, cuando yo me muera, pues lo aprovecho y me meto también. Pero, vamos, que el dinero me habría venido de perlas. Además, que mi hermano dinero ya tiene. Pero decía mi tío que es un ser melancólico y que le hace más falta que a mí, que se ve que mi hermano nunca se ha encontrado, que es que se está buscando. Mi tío era muy raro. Y mi hermano Jesús, melancólico. Melancólico y alcohólico, las cosas por su nombre. Todo le viene de lo mismo, me dijo mi tío: de los libros. De leer, de estudiar, de intentar entenderse y de buscar no sé qué. Que, al parecer, para perderse de uno mismo hay que haber estudiado, que si no, no te pasa. Y yo, como no he estudiado, no me he perdido en la vida. Me oriento en un laberinto. Para mí que mi hermano nació triste y ya está. Él heredó la pena y yo la escoba. Punto. Pero mi opinión no cuenta porque no es importante. Siempre ha estado muy solo por dentro, mi hermano. Y ha tenido sus cosas íntimas desordenadas. Y ha sufrido, desde niño, mucha pasión del ánimo. Se ve que tiene el alma sin aliento, desvalida, como agotada. Está triste y así seguirá. Y yo ya se lo regalo todo: las penas y el dinero. No me cambio por él, no compensa. Yo no me he sentido sola desde que nací. Cabreada sí, pero sola no. Me he sentido siempre bien acompañada por vivos y muertos.

Yo aprendí casi a andar y a fregar a la vez. A mi madre le dijeron las monjas: «Es mala para los números y torpe para las letras, ponedla a fregar o que pruebe a coser».

Y coser no me gustaba, me pinchaba. Y en vez de una muñeca, los Reyes me trajeron la escoba de colores de la señorita Pepis y el recogedor. Y ya fregué y fregué, hasta hoy. Y a mi hermano le trajeron una enciclopedia. *Maravillas del saber,* se llamaba. La tiró por el balcón en un exceso de melancolía. De melancolía alcohólica, se entiende. Bebe y llora, tiene las dos cosas. Y se ducha muy poco. Con los años, peor. Decía mi tío que la dejadez era un síntoma de la depresión. Yo para mí que es un síntoma de que eres un guarro. Pero como soy la tonta, que he estudiado lo justo, mi opinión vale poco. Y que a mi hermano, con el rollo ese de la melancolía, se lo han perdonado siempre todo. Hasta el jabón. Le veían llorar y le perdonaban hasta la roña. Pero ayer lo vi contento. También lo estaría yo. Huele fuerte, pero tiene un dinerito. Me alegro por él.

En fin, hay que ser positivos. El dinero se gasta y la tumba la tienes para toda la vida. En eso mi tío se ha portado bien. Y el día de mañana, pues para los críos, que tarde o temprano les va a venir bien. Pero no es un regalo bonito porque no lo disfrutas hasta que te mueres. En las herencias no he tenido suerte. Siempre me dejan mierdas. Mi otra tía, lo mismo, me dejó los dientes. No quería ponerse dentadura postiza porque decía que se iba a morir y que era un gasto tonto. Se tiró diez años con las encías en carne viva, masticando sin poder masticar. Y como no se moría, le dije: «Tía, no sufra, no es un gasto tonto. Yo le prometo que el día que se muera me los quedo para mí».

Y no llevaba ni tres días masticando feliz y con ganas, que va y se me muere. Y en casa tengo los dientes, en el cajón de los bolígrafos, que cada vez que lo abro me acuerdo de ella. Estábamos tan unidas que me hacen compañía. Es como tenerla un poco. Me tranquiliza tenerlos conmigo, me serena. Como si la tía no se hubiera marchado del todo. Sé que parezco muy boba, pero mira... Al final va a ser verdad que era tonta.

POR MI CULPA, POR MI CULPA, POR MI GRAN CULPA

A los que nos precedieron los formaron para vivir cada segundo como una obligación. Y les enseñaron que el placer era malo y vulgar. Y les transmitieron la terrible sensación de que la discreción era una cualidad, una virtud inmensa, un don. Temían que la alegría se convirtiera en obsesión, en vicio, en debilidad, en un tic, en algo de uso diario. Y así, los más atrevidos aprendieron a gozar disimuladamente. Y el resto, los obedientes, a aguantarse las ganas de las cosas. Y durante mucho tiempo no estuvo bien visto reírse abiertamente y la gente se rio a escondidas, poco y mal. Por la cosa esa de que la risa mataba los miedos y si no hay miedos no hay fe.

En ese ambiente de libertad extrema crecieron mis padres, educadores, maestros, guías y mentores. Y los educadores de mis educadores, pues igual. Fue un regalo de Dios...

En mi época y mi escuela, estudiábamos de la mañana a la noche para aprender a sentirnos culpables. Y yo, que había sido siempre un alumno mediocre, gris y sin brillo, en esto sobresalí, destaqué. Y desde entonces no recuerdo un solo día de mi existencia en que, consciente o inconscientemente, no me haya sentido culpable por algo.

Durante una época muy importante de la vida, mientras nos hace compañía la salud, la felicidad es poco más que la ausencia de culpa y temor. Y esas terribles enseñanzas nos robaron a ratos la alegría y nos instalaron en el aburrimiento de la resignación. Y ya la vida fue eso: la lucha por quitarse ese saldo de encima con más o menos éxito.

Nos lo contaron casi todo mal: lo de la muerte, lo de la vida, lo del amor, lo de las putas y lo de las penas. Hay que ver lo poco que le formaban a uno para lo que de verdad importa. Con lo que se esforzaban para enseñarte a sumar y restar, y nadie te preparaba para el primer beso ni, sobre todo, para el último.

Me viene a la memoria la reflexión que hacía una santa moderna: «Yo estaba con culpa y tal porque era muy mona y me sentía mal. Digo: "Me siento culpable y tal; venga, decidido, me saco los ojos". Oye, y me saco los ojos, así en plan santa y tal, y... Pues que me noto igual que antes de lisiarme, pero que ahora no veo una mierda. No sé, me siento un poco tonta. Solo espero que se me valore...».

LA EMPATÍA DEL DOCENTE

Por un problema de bajas y reciclajes del personal docente, la psicóloga del colegio de mi hijo tuvo que asumir durante un par de meses el trabajo que debían haber hecho tres personas. Y como suele ocurrir en casos como este, se asfixió.

Dos días antes de la evaluación, me llamó muy alterada para justificar su poca dedicación al niño y se arrancó poniéndole a parir: «A ver, las cosas claras, su hijo es feliz. Y le da exactamente lo mismo aprobar o no hacerlo. Y además...».

Habló con ira contenida, con educado desprecio, con la toalla por los suelos, sin afecto y en contra. Sin cariño, que tampoco hace falta, pero que viste. Tomó partido y, sin decirlo, me dijo: «Este niño no me gusta y sus padres tampoco». Y sin conocernos de nada, ni al niño ni a nosotros, dictó sentencia y nos condenó.

Intuí que nos atribuía dejadez en general y tontería. Porque había hablado con el niño una vez en el patio y... Y porque sí. «Porque son cosas que se ven y me basta y me sobra con cruzar dos palabras».

Existe un cierto perfil de docente al que los años de

ejercicio le han llevado a confundir intuición con conocimiento de causa. Que se siente cualificado para hacer un diagnóstico con una mirada, con una charleta de patio. Que tiende a confundir psicología con quiromancia y que a falta de diagnóstico te juzga, que vale igual. Te juzga y te habla con el rigor, doloroso pero necesario, del gran profesional que piensa que es. Y se siente con derecho a reñirte, a ofenderse, a alterarse, a fingir una implicación emocional que no tiene y a dirigirse a ti con la dureza, la crueldad y la franqueza de una portera resentida sin conocerte de nada. Es un tipo de profesional que existe en todos los oficios, que cuando no ha hecho bien su trabajo finge estar enfadado para disimular la falta de dedicación. Tuve un amigo guionista que hacía lo mismo, que invertía más tiempo en defender su guion bochornoso que en escribirlo bien. Es un perfil, un tipo de persona.

El caso es que pensé que no se le puede hablar nunca a un padre tirando la toalla de esa forma y menos por teléfono y sin haberle visto la cara jamás. Es importante verle la cara a la gente si le vas a decir cosas que le importan. Y no se puede despachar así: con prisa, con cansancio, porque es viernes y has dormido poco. Cuando le hablas así a un padre preocupado, lo indignas, lo hieres y lo pierdes para siempre sin necesidad, sin resultados.

PERFILES DE MI OFICIO

Los amigos íntimos

En términos de amistad no me interesa mucho la gente sin debilidades. Las personas sin miedos me resultan muy poco atractivas. Me seduce la fragilidad. La gente fuerte me aburre y se me nota. Eso me pasa.

La gente que está siempre en su sitio, que no pierde los papeles jamás, que no duda, que no se disculpa porque no se equivoca, que ejerce de padre sin paternidad y siempre se peina igual... A las personas *correctas* las prefiero para trabajar. Para trabajar me encantan, donde yo intento ser muy correcto también. Donde me esfuerzo para ser educado, positivo, resolutivo, abstemio y puntual. Y amable.

Para las cosas de la vida me apetece, me gusta, la gente que llora a veces, que se asusta, que se calla, que no siempre se entiende, que se desordena, que se lleva la contraria, que está por terminar, que no lo tiene todo.

Puntualizo: con mesura y a ratos. Tampoco... Taras sensatas, locuras moderadas..., no se me llene la casa ahora de desequilibrados y de gilipollas.

Los pelotas

Existe un cierto tipo de *representante-fan* que te adula y admira más allá de lo razonable, te idolatra hasta que te avergüenza y que se somete a ti, sin que lo hayas pedido, hasta indisponerte de puro bochorno.

Normalmente esas mismas personas que te tratan como si su etnia fuera inferior a la tuya, que te incomodan hasta el cansancio y que te aburren hablándote del *gran actor y mejor persona* que tú eres suelen sorprender a todos por el mal trato que le dan al prójimo. Y al igual que actores, productores y directores sufren su empalagamiento; conserjes, camareros y taxistas sufren su despotismo.

Como si el desgaste vergonzoso producido por la infligida autosumisión tuviera que compensarse con desprecio por el otro lado.

Este tipo de gente no me gusta nada. Por pesados y mezquinos te los quitas de encima.

Los apasionados

Hay un tipo de profesional en mi oficio que no sabe funcionar sin sentimientos. Supongo que se diría, en definitiva, poco profesional. Todo es pasión sin condiciones, traición imperdonable, afecto sin medida, deuda pendiente que no puede perdonarse...

Se mueven en el oficio igual que enamorados, traicionados o correspondidos, y se mueven solo desde el corazón. Y es muy difícil trabajar con ellos. Poco práctico.

Los bordes

Hace años, un amigo actor, obsesionado con destacar a cualquier precio por encima del resto, decidió ser desagradable a todas horas para hacerse notar, práctica para la que todos estamos capacitados, pero que intentamos no llevar a cabo. Ese era básicamente su talento: decir lo que muchos pensábamos y que por delicadeza decidíamos callar. Hacer de la mala educación un don. El muy imbécil lo llamaba *ser sincero.* Hace ya mucho que no le veo, pero hay más como él.

Los fantasmas

Un tipo que se duerme durante la función y que en el saludo se pone en pie, aplaude sin contención y grita «Bravo». Lo que de siempre viene siendo un gilipollas y que luego recomienda la obra durante semanas allí donde va. De estos hay un montón.

Los compañeros

Me comenta mi amiga Cesca el otro día: «No quería hacer teatro porque este año estoy reventada, pero es que me han ofrecido un Bernard Shaw. Y cómo vas a decir que no a un Bernard Shaw, ¿no? Es imposible...».

Y yo pienso: «¿Por qué no? Ni que te hubiera llamado Bernard en persona. Y aunque así fuera, le dices: "Shaw, mira, que estoy cansada, que necesito playa". ¡Y te vas a Mallorca!».

Me dice un actor amigo de Madrid después de invitarle a que vea *El eunuco,* la obra que escribimos con Pep: «Está muy bien, ¿eh? Yo no la haría, pero está muy bien. Me lo he pasado genial. Entiendo que sea un éxito. Te lo mereces. Es buena. Y entiendo el premio Max y entiendo todo... Pero es que a mí el teatro comercial, por bien hecho que esté, no... No me interesa lo más mínimo, no me interesa en absoluto. Pero genial, felicidades».

Y yo pienso: «¿Acaso yo te pregunto si no te avergüenza llevar veinte años sin generar un duro, haciendo teatro público subvencionado, aunque lo pienso siempre que te veo? ¿Qué le hace a uno ser tan maleducado con la persona que te acaba de invitar a cenar y al teatro? ¿Quién te ha preguntado? ¡Qué manía con decir todo lo que uno piensa, con sobrevalorar la sinceridad, con salpicar a tus amigos con tus mierdas en lugar de arreglarte...!».

Si de algo está nutrido el mundo del teatro, ya sea entre el público experto o entre los profesionales, es de faltones ilustres. Y también de gente a la que se la supone culta por estar relacionada con el mundo de la cultura. Y también de gente que habla demasiado. Pero, vamos, el resto muy bien.

A TONI SALGOT Y SU APEGO A LA INFELICIDAD

Sinceramente, creo que el apego a la infelicidad del artista como motor creativo está sobrevalorado. La incapacidad compulsiva para ser feliz no es, para nada, un síntoma de inteligencia ni sabiduría. Es una tara grande. Una tara por tratar. Y que luego eso te ayude a ser artista es solo un parche disfrazado de prestigio. Un pegote honorable, pero un pegote al fin. Una forma de aprovechar un trasto, de sacarle partido.

No estar bien es un defecto, una carencia, una putada, un motivo de complejo, una falta de algo. Y ser artista solo es una salida digna.

LA ÚLTIMA ILUSIÓN

Yo no, chica, yo, ahora ya... Yo ya estoy ilusionada con lo de morirme. ¿Lo que es ilusión? ¡Morirme! Lo que será, cómo será, lo que habrá, si habrá algo... En fin, esa curiosidad. Porque yo ya aquí me aburro. Y no teniendo ya ni el cuerpo ni el interés... Estamos fuera. Seguimos aquí, pero estamos fuera, Matilde... O en todo caso no estamos dentro. De la vida, digo. Con el pie en el aire entre un mundo y el otro. (...) Pero no por eso voy a perder la ilusión. ¡A ver si te crees ahora que me voy a morir deprimida! ¡No! ¡No es actitud! (...) ¿Estará Dios? ¿No estará? ¿Y si no hay nada..., cómo será la nada? (...) De los que amé aquí no queda *nadie-ni-uno*. Pues, oye, ¿y si están allí? Y si no hay nada no hay nada. Oye, mal no vas a estar... No estarás bien, pero ¿mal...? Sencillamente, no estarás, punto. Y que a mí los cambios siempre me han gustado. Y que a los veinte te ilusiona enamorarte, y a los noventa, morirte. A ver, que yo a los setenta me ilusioné con lo de viajar, pero después de diez años yo no me subo a un autocar... No puedo más de excursiones. (...) A ver, Matilde, tarde o temprano se va a acabar esto. De aquí no sale nadie vivo. ¿O te crees que la muerte va a olvidarse de ti? A ver, tú y yo en esta vida, comparando, hemos tenido poco dolor. El justo y necesario. Y hemos estado bien. También lo justo y necesario. Acompañadas, bien. Y ahora ya estamos las dos en la salida, saliendo. Estamos, como si dijéramos, en el último día de las vacaciones. Cuando no estás ni aquí ni allá, que sigues teniendo la playa delante, pero que ya no la ves. La gente se enamora, se casa, tiene hijos, sufre por sus hijos... La gente se desea, se engaña, se divorcia, celebra cumpleaños... Yo ya lo hice todo. ¿Yo ya qué hago aquí? Un poquito de agradecimiento, Matilde, no seas agonías; si ya lo sabías de toda la vida que te iba a pasar. No te hagas ahora la sorprendida... Claro, mujer, ahora lo que toca ya..., vivir bien, comer bien y morirse. Ya verás qué bien. Lo de la muerte te lo tienes que tomar como si fuera tu próxima aventura. Si seguro que morirse también tiene su aquel. (...) Pues no pienses, Matilde, no pienses... Yo no pienso hace años.

Venga, va, tú trae las gambas, que el arroz bomba ya lo pongo yo. Si el caso es no parar quieta... Esta se ahoga en un vaso de agua. Toda la vida igual.

D. E. P.

«Ha muerto mi hermano», me dijo Luis. Y llevo una semana sumido en una congoja que no puedo quitarme de encima. Cuando pasan estas cosas uno se da cuenta de lo que es importante y de lo que no. De las absurdas chorradas que ocupan nuestra mente cuando estamos bien. Es como si las desgracias te pusieran en su sitio y te obligaran a ver bien, con claridad. Fíjate en que hace unas semanas tenía una prueba para una película y ahora me importa un pimiento.

LA VOCACIÓN DEL HIJO DE CIPRIANO

... y gracias a Dios, me apoya mi familia, me animan mis amigos y mi entorno global; pues muy bien, me estimula: que si es lo mío, pues que lo luche. Y ahí estoy. ¿Que a lo mejor no tengo un cuerpo diez? Bueno, pues ya lo tendré. Tengo unas nueve, dos mancuernas y un espejo. Yo a esta vida no le pido nada más. Y en lo fundamental, de la cabeza estoy muy asentado, como dice mi madre, para la poca cabeza que tengo. Y estar dotado, pues estoy dotado. En eso sí que la naturaleza, gracias a Dios, se ha portado como una señora y me ha regalado la polla que todo actor porno quisiera tener. Una polla guapa y grande, pero sin desproporciones. Que gusta, pero no asusta. Comparada con las *chorras* que yo he visto por ahí..., tengo, francamente, una polla preciosa. Y los huevos igual. Ni *pegaos asustaos,* que parece que fuera hace frío, ni en castañuela pendulera, que eso es de guarro, *dejao* y de llevar mala vida. El culito, en cambio, lo tengo flojillo. Muy chato, muy de hoy en día, vulgar, muy mierda y muy mariconada. Es lo que más me flaquea. Dos años hace que no cojo un ascensor. Subo escaleras a todas horas. Lo tengo duro como el granito, pero más plano que una carpeta. No pilla volumen, el hijo de puta. Una batalla casi perdida. Pero como no me voy a dedicar al porno gay, que no me llama, pues en mi campo la carbonera juega un papel secundario. ¿Se van a quedar a mi *chou*? Quédense a verlo, hombre. Y me da el punto de vista, y me dice lo cualo y lo qué.

FAMOSO CALLADO, FAMOSO AMADO

Llega un momento del día, en el mundo este del famoseo, en que la deferencia exagerada y persistente resulta ofensiva para los que te acompañan y vergonzosa para uno mismo. El trato desigual no es bueno, no sienta bien, no es sano para nadie. Y puede hacer que te habitúes a la injusticia y a la gilipollez. Aunque, puestos a elegir, casi todos preferimos ser el gilipollas.

MALEDUCADO

Domingo de Ramos en El Corte Inglés de Barcelona. Entra con prisas un señor de la calle. Se cuela y se dirige a una dependienta de aspecto latino.

—¡Nena! ¡Nena! ¿Tenéis palmas de solapa?

—¿Perdón?

—¡Palmas! ¡Palmas! De estas de poner aquí, en el... ¡Del Día de la Palma! ¡Del Domingo de Ramos! De... ¡Ah! ¡Nada! ¡Ya me la busco yo! No me apetece perder el tiempo. Esta no sabe ni lo que es una palma ni un palmón... ¡La madre de Dios...! Esto un día va a estallar y... ¡Hala, nena! ¡Buenos días! ¡Viva Cuba! Seguro que no está ni bautizada, la hija de puta...

ECHARSE DE MENOS

Hace ya mucho tiempo que durante seis meses al año trabajo en Madrid. Son cuatro días a la semana y los otros tres me voy a casa en el AVE. Me siento, porque lo soy, un tipo afortunado profesionalmente, ya que disfruto en plena crisis de un trabajo bien pagado y que me gusta. De un trabajo, que ya es mucho para la que está cayendo. Pero cuando llega el momento de marcharme a Madrid, me siento siempre triste. No lo puedo evitar. A veces demasiado. Con esa melancolía del adulto, que un día cualquiera se apodera de ti por un rato y molesta.

Lo que tengo con Eli me gusta, es un detalle que la vida se ha marcado con nosotros. Y que cada seis meses me lo quiten un poco, durante cuatro días a la semana, me entristece. La vida me ha convertido en un tipo familiar. Durante un tiempo, lo reconozco, pensé que no lo era. Pero no es cierto. Me gusta el caos de bolsas y mochilas esparcidas por el comedor. Me gusta estar en casa llamando a mi hijo, que no me hace caso; a mi hija, que no me contesta; a mi mujer, que lee y no me escucha; poniendo la mesa para la cena de un viernes cualquiera. Con el fin de semana flamante, casi por estrenar. Me gusta esto que tenemos los cuatro. Con sus gritos, su desorden y sus cosas. Y cuando nos sentamos todos a comer en el suelo frente a la tele, me siento bien. Más si ese día he decidido comer lo que me plazca y he comprado un vino caro. Hay quien está enganchado a los viajes. A Eli y a mí nos atrapa nuestra cotidianidad. Viajar también. Pero un rato.

Supongo que por eso me cuesta marcharme. Pero, como dice ella, que te quiten las cosas un tiempo no nos hace mal. Echarse de menos les da el verdadero valor a las cosas, te pone en tu sitio, te deja claro lo que quieres o no, te sacude la desidia, hace que te entiendas. Y te convierte en un ser agradecido.

PEP

Puestos a dar gracias a los compañeros, que es algo que hay que hacer por deferencia, respeto, educación y por gusto, debería situar entre los primeros puestos a Pep Antón Gómez. Pep me ha hecho, durante años de trabajo, las mañanas más dulces. Y ha conseguido que mi segundo oficio, el de dramaturgo, tenga continuidad. Lo ha hecho con insistencia, pesadez, puntualidad enfermiza, paciencia y tacto. Pero lo ha hecho. Y juntos hemos escrito y estrenado muchas cosas. Se encargó y consiguió que no olvidara nunca, como le pasaba a él, que levantarse de la cama durante meses para ganarse la vida escribiendo era un sueño cumplido. Hoy, a punto de empezar con la siguiente obra, le doy las gracias por tanto café, por tantos años de privilegio consciente, por tirar del carro. Y agradecido le notifico que, si mañana llega diez minutos tarde, no pasa nada, le estaré esperando.

—Jordi, hay algo más allá de tu talento, de tu suerte, de tu esfuerzo, de tu habilidad para moverte, para rodearte bien. Y es que llegas a la gente. La capacidad de llegar a la gente también forma parte de eso, supongo, del talento de uno. Y eso se tiene o no. Y tú...

—¡Sigue! ¡Sigue! ¿Te pongo más vino?

—Voy al baño.

—Claro, claro... —Pep se levantó y yo le dije a Pepón Nieto—: ¡Mierda, fin de los halagos! Ya no le saco ni uno hasta el año que viene...

PETRA

Petra Martínez, una señora actriz, con los ojos más jóvenes que he visto en años, me dice que a partir de los cincuenta todo es mejor. Me dice que a partir de esa edad todo empieza a ponerse en su sitio, que la pasión y la serenidad hacen sus primeros pactos y que la paz se empieza a acomodar. Y que por primera vez la cabeza te cabe en el cuerpo. Qué bonito.

ROSARIO, MI PRIMA DE VALENCIA

Un día de Navidad del 2008.

Cuando era niña, las monjas me dijeron que si me sentaba sobre zonas frías, rocas o piedras, iba a quedarme estéril. Así que me pasé toda la infancia de pie. Y en general, en esta vida, me he sentado poco, que para ser maestra ya va bien. Acabé Magisterio y pedí una plaza en mi escuela de siempre. Y ahora soy directora y les digo a las monjas dónde deben sentarse: en el banco de mármol del patio de atrás. Todas a un paso de la jubilación y con las vulvas frías; pobres... Y ahora la mía, mi hija, la menor de las tres, mi nena, también quiere ser *señorita.* Con ocho años y ya está decidida. Como yo, pero de preescolar. A Marina le encantan los niños pequeños. Lo más menudo de lo pequeño. La menudencia, la morrallita. Que yo le digo: «De preescolar no, cariño, que en preescolar las vacaciones de los maestros son más cortas... ¿Tú no quieres ser mamá como mamá? Pues si quieres ser mamá como mamá, mejor tener alumnos de primaria. Que por insoportables que sean, pobrecitos, que lo son, cariño, esas cosas tendrás que tenerlas en cuenta, valorarlas y pensarlas...». Y esa es mi lucha del día a día. Convencerla de que sea *señorita de primaria*. «Y cuando acabes la carrera, vamos a ver a las Hermanas, que te quieren mucho y a mí más, y a trabajar conmigo. Y yo, que ya estaré cansada de ser la directora, te paso la plaza y la llave del despacho y ya me siento donde tú me digas». En fin, todo se verá. Pero la cosa va a ir por ahí. Mírala, con ocho años, cómo lo intuye todo. Todos sus primos jugando y ella de pie, al lado del radiador, calentando motores.

Cuando diez años más tarde la niña les dijo que quería ser actriz, como su primo de Barcelona, Rosario entró en *shock* y así sigue. Sentada junto a la estufa. Desilusionada, desconcertada, estupefacta y con apnea nocturna.

¿A QUÉ HIJO QUIERES MÁS?

Me preguntan algunos curiosos, morbosos: «¿A qué hijo quieres más? ¿Al biológico o al adoptado?». Y yo les digo que a los hijos los empiezas a querer cuando los ves. En mi caso, al primero a partir del día uno y al segundo a partir del mes ocho. No hay más. A ambos les terminas limpiando la caca y contándoles cuentos.

Si a estas alturas me dijeran que mi padre no es mi padre, lo que sí querría conocer es el historial médico del que me engendró. Siempre hay mierdas que se heredan. Que mis hijos lleven o no lleven mis genes me trae sin cuidado, casi sería mejor para ambos que no fuera así. No creo que sea una sangre muy buena la de mi familia. Ellos sí son buena gente, pero la sangre está poco mezclada, le falta circular. Lo de la sangre está muy bien para hacer analíticas y para hacer morcillas, pero en mi caso los apegos van por otro lado.

BENDITA ISABEL

Tuve una amiga que al no poder quedarse embarazada le planteó a su marido adoptar.

—Pero ¿cómo vamos a tener un bebé ruso pudiendo tener un Gómez? No lo vamos a querer igual. No es mi sangre —le respondió este.

Su marido, Facundo, con un trastorno de glándulas sudoríparas incontinentes, decía siempre que tenía un problema: «Voy a salir adelante. Soy un Gómez». Como si su padre, mi vecino el señor Gómez, un antipático taxista alcohólico que no me dio los buenos días en veinte años, hubiera participado en grandes gestas o algo así. De ser el sobrino nieto del Cid Campeador tampoco lo hubiera entendido. Uno tiene que estar orgulloso de los méritos propios. No puedes vivir del cuento de lo que hicieron tus antepasados. Si nadie tiene la culpa de ser el nieto de Goebbels, tampoco tiene mérito ninguno ser el primo segundo de Mahatma Gandhi.

Cuando un día, al cabo de cuatro años, me encontré a Facundo en la calle Mallorca, con su calvario tropical a cuestas y sus relucientes y flamantes gemelos, le dije por complacerle:

—No puede negarse que son hijos tuyos...

Se le empañaron los ojos y me respondió:

—Lo has visto, ¿no? ¿Lo has notado?

Se hizo una pausa incómoda y eterna, y le respondí:

—¿Qué?

—¿No lo ves? Es evidente. Fíjate bien.

Me fijé bien y era muy evidente. Los nenes eran como dos mopas salidas del cubo. Y confundiendo su emoción con tristeza y en un alarde de absurda sinceridad, le respondí con la boca pequeña:

—Sudan.

—¿Qué?

—No, que sudan. Era un riesgo. Pero casi no se ve.

—Pero ¿qué dices, tonto del culo? Tienen los ojos pizpiretas de mi madre. ¿O es que no lo ves? Es evidente.

«¡Claro!», pensé. Esos ojos pizpiretos de María la Marrana, como todos la llamaban, bien valían los seis abortos que le hiciste pasar a tu mujer hasta quedarse embarazada el día que le dijiste que si ella no los paría no los ibas a sentir como a hijos propios. Y se marchó con sus dos nenes empapados en sudor, no sin antes decirme:

—Pero mira que eres raro, macho... Tú no cambias, ¿eh?

No es que me sienta decepcionado de mi apellido o que no sea una persona muy familiar, que lo soy. Pero que mis hijos lleven la sangre de mis bisabuelos me importa más bien poco. Y sería igualmente feliz si en lugar de Sánchez me llamara Benítez.

COMPARATIVA

Tenía algo, la mili, de muestra breve de lo que sería una vida profesional de éxito. Incluso algo de resumen vital.

Los tres primeros meses:
Cuando llegabas al campamento eras el último de la fila, te tocaban los peores trabajos y todos tenían más poder que tú. Eras el aprendiz, la chacha, la parte más baja del escalafón, la casta sin derechos y con todas las obligaciones. Y no podían matarte, porque estaba prohibido, pero sí humillarte.

De tres a seis meses:
Al cabo de tres meses llegaban los nuevos. Por fin otros eran más novatos que tú. No mandabas aún, pero ya no fregabas ni limpiabas la ñapa de los veteranos y de un día para otro te dejaban en paz. Ya no te jodían, pero todavía no tenías derecho a joder. Aún eras mierda, pero mierda invisible casi todo el tiempo. Y de vez en cuando te dejaban jugar a gritar y vejar.

De seis a nueve meses:
Al cabo de seis meses, de la noche a la mañana, cuando tenías por debajo dos escalafones y por encima uno solo, el poder absoluto era tuyo y de los que habían empezado la mili contigo. Y durante tres meses eras dueño y señor de aquel campamento de 3000 personas. Teníamos veinte años y nos sentíamos alguien, porque realmente, en aquel absurdo micromundo de botas brillantes, himnos y pistolas, lo éramos. Tus conocidos controlaban las cantinas, las despensas, el bar de oficiales, las tiendas, las oficinas, el cuerpo de guardia... Y controlaban sobre todo a la gente. En ese periodo podías tenerlo todo: alcohol, drogas, papel higiénico extra, suvenires horrorosos, *merchandising* castrense, botas nuevas, permisos de fin de semana, gorras, balas y tortillas de patatas. Era el periodo dulce de la mili, en el que uno se sentía el rey. Éramos, sin duda, los más favorecidos, los más privilegiados, los que movíamos los hilos, los intocables de aquel absurdo universo. Nos habían pasado el relevo del poder y lo disfrutábamos.

De los nueve a los doce meses:
Al final de la mili era triste. Los últimos tres meses te lo quitaban todo. Te desposeían, perdías el poder, perdías el cetro. Ya no movías los hilos, ni tú ni tus amigos; los movían por ti. Te retiraban sin mandarte a casa y te sentaban sin estar cansado. Te jubilaban. Y los puestos de poder y el control de la gente y las cosas volvían a manos de descono-

cidos. Eso sí, te respetaban. Un respeto que consistía en que nadie te mandaba y en que tú no mandabas ya nada.

En mi oficio sucede algo así. Al principio luchas para ser visible, para que no te ninguneen, para que te traten un poco bien, para que alguien se aprenda tu nombre, para enseñar lo que sabes hacer o lo que piensas que sabes hacer, para mostrar algo grande que tienes en tu interior. Y, por encima de todo, lo que más deseas es que el mundo se emocione contigo. De eso va lo de ser artista.

Que se te vea puede llevarte entre cuatro días y cuarenta años, dependiendo del esfuerzo, la suerte, la paciencia, las buenas compañías y las gracias que posea cada cual. Y si todo va bien un día se te ve. Arrancas, empiezas y, no sabes muy bien cómo, de repente estás dentro. Dentro del oficio. Y el resto, tus amigos y compañeros estudiantes, te preguntan:

—¿Cómo lo hiciste? ¿Cómo diste el paso? ¿Cómo entraste?

—Me llamaron por teléfono y me dejaron entrar.

—¿Y ahora qué?

—Ahora se trata de intentar quedarse, que se ve que es lo difícil...

—¡Joder...! ¿Todavía más...?

Descubrí que estaba dentro de este oficio mío cuando esa gente con la que normalmente comía o cenaba de repente era la misma que aparecía en banderolas, marquesinas, en paradas de autobús, en los culebrones del mediodía, en los finales del telediario y en los anuncios de la Granja San Francisco. Cuando las fotos de mis conocidos colgaban por la ciudad como los pósits en un cuarto cualquiera. Como si Barcelona fuera un poco más mía. Y no fue para nada desagradable. Solo que me sorprendió.

Sabes que estás dentro cuando algunos de aquellos que se sentaron contigo a estudiar y con los que hoy actúas y sales de fiesta dirigen obras de teatro, academias de cine, asociaciones de guionistas, series y largometrajes. Y con todos te saludas, te sonríes o detestas, pero tú los conoces a ellos y ellos saben quién eres. Somos por un rato, o así lo creemos, los protagonistas de la historia y los reyes del momento y del mambo. Nuestro mambo, por supuesto. El mambo del sector. Fuera del gueto hay otros muchos mambos, que no son los nuestros, donde no somos nadie. Pero no nos importa, somos lo que soñamos y nos sentimos bien. Y por unos años, si la cosa va bien, se nos ve.

Los actores mayores, igual que los soldados en sus últimos meses, pierden la vida que les parecía eterna. La plaza fija, su privilegio, su protagonismo... Todo se va. No están de moda, su momento ha pasado. Y sus amigos ya no dirigen cosas, perdieron el poder, cedieron el trono, se lo arrebataron. Y los nuevos intérpretes no siempre saben quiénes fueron, quiénes son. Los actores mayores son un lujo con frase. Pero siguen ahí.

En la mili, el oficio y la vida, la cresta de la ola tiene fecha de caducidad.

LOS VIAJES ORGANIZADOS DE MARITRINI

Esas cosas que me cuenta María Trinidad Rodríguez, la asistenta del bar La Amistad, donde suelo tomar el café.

¿Nicosia-Chipre? Otro mundo, otro país, otros hoteles. Allí te levantas el primer día de la excursión y ya para empezar te ponen un pan en la habitación del hotel, que es típico del lugar, pero que si te hace gracia pues te lo puedes comer. Y te lo comes. De kilo, no llega. Y que ya el segundo día del viaje organizado te levantas ya con la ilusión esa del pan. ¿A ver si está el pan? Y allí está. Y te lo comes otra vez. Casi de kilo. En la cama te lo comes, siempre todo en la cama. Despreocupada como una señora; como una marrana, soltando migas al tuntún. Que quería mandanga Manolo, digo: «¡Manolo, anda, cómete el pan!».

Luego bajas a desayunar y te encuentras unas mesas largas, del país de nunca acabar, abarrotadas de comida. Fruta, bolas de sandía, huevos con chorizo, revoltijo de tortilla, gajos de cientos de cosas. En fin... Pero bien hecho, bien presentado, ¿eh?, no... No. Bien. Una sandía roja... Buena, bien. Y pasteles. De colores. Verde, rosa... En fin, bueno, lo que son colores. Que los colores son los mismos de aquí, pero puestos diferente. Un pastel azul marino, yo... pues es la primera vez, yo qué quieres que te diga. No es tu país, no preguntas. Te mantienes hermética.

Luego te vas a la piscina y te comes tan tranquilamente dos kilos de pipas mirando al infinito. Unas piscinas... Unas pipas... Otro concepto de piscina, otro concepto de pipa. ¡Pipas como nueces! Allí todo es más grande: los panes, las pipas. ¡Hasta las moscas! Unas moscas como puños, asquerosas, que parecen ratones. ¡Y la fruta! ¡Qué fruta! Y en unas grandes cantidades... Hasta exagerado. En Nicosia-Chipre no pisas mierda, pisas mango; no te digo más.

Pero de todo lo visto, si me tengo que quedar con algo, las piscinas. Una maravilla, no se ve el final. ¡Como mares! Las piscinas de nunca acabar. Largas, limpias... Y con horizonte. Pues estuvimos quince días y no se bañó nadie. Unas palomas muy feas que tienen allí, entre perdiz y pato. Y yo algún día me habría bañado, por decir «me he bañado, me he metido», pero por no preguntar y parecer idiota, pues por si acaso solo me duché, que eso sí que vi que sí. Que la gente se ponía el bañador y se duchaba en las duchas exteriores, y se tumbaba en las tumbonas de fuera. ¡Pero no se metía ni Dios! Como si el agua tuviera veneno. No estás en casa, pues haz lo que vieres. De la ducha a la hamaca, tócate los cojones. Yo, contenida, frenada.

Y en el barco de ida y vuelta, pues igual. A la hora de comer ya te desmayas del gusto de todo lo que ves. Porque te lo comerías todo. Y el primer día te lo comes. Y el segundo también. Con una insistencia casi asquerosa. Luego ya empiezas a dejar o empiezas a vomitar, como Manolo, que le tuve que decir: «Manolo, para, por Dios; deja, deja, que te mueres». Y si mueres en un barco, si quieren no te guardan, vas de cabeza al fondo. Me lo ha dicho un vecino que fue pescador, que la última palabra la tiene el capitán. Y si el capitán es gilipollas y te quiere tirar, pues te tiran y terminas tus días en el fondo del mar. Imagínate, doble disgusto: te mueres y te tiran. Y, claro, al final pues dejas de comer, con pena, pero dejas. Selección natural. Y lo que nos dijo el guía a todos los españoles: «Hay que comer con la boca, no con el ojo». Un guía muy guapo y muy tonto que no hablaba muy bien. ¿Y qué haces? Esto sí y esto no. Es que no queda otra. Selección natural.

El barco se mueve un poco, ¿eh? Eso que dicen de que no... El barco no para quieto, tiene un baile constante, tiene un vaivén. Pero compensa por el personal, que tienen todos unas piernas espectaculares y unos dientes de anuncio. Están un poco todos ahí para alegrar, y te alegran. Y que a mí me dicen que son chicos y chicas de lujo y de pago y también me lo creo. Pero al ser alta mar, pues todo se perdona, ¿no? Si son putos y putas, son putos preciosos, hermosos y limpios. Y con un porte y una simpatía que te encamina a la disculpa inmediata. No es lo mismo que en tierra, que es todo más sucio. Como si en el mar una puta no fuera tan puta, no sé si me explico. ¿No te da esa sensación? Pero el barco se mueve, ya pueden decir misa, y en eso no son claros. Ese navío tiene una inquietud, las cosas como son, que se te mete dentro, te incomoda y te aturde. Eso me dolió bastante, ¿ves? Me sentí estafada, me sentí mentida. Y yo no, pero el pobre Manolo vomitó hasta las hostias de la comunión.

Lo mejor es el último día. Ese día te abandonas, te dejas, no miras y devoras. Entras en bucle insaciable y no puedes parar, entras en desenfreno. Yo me lo comí todo. ¡Todo! Las alcachofas, las albóndigas, los bombones y las flores de la mesa. Entré en vorágine. Estaba tan a gusto... Estaba borracha, también te lo digo; borracha y un poco encendida, efervescente. Hay alcoholes que te hacen reír y otros alcoholes que te ponen tonta. Y yo aquel día me los bebí todos, y no me comí al guía porque se habría malinterpretado. Es broma, ¿eh? Eso yo sí que no. No soy así. Conocí a Manolo con catorce años y hasta aquí. Ya estoy hecha a las maneras y las formas de Manolo y con otro no sabría, no podría. Sería como hacerlo con un extraterrestre. Pero jugar en alta mar, pues sí. Y el pobre guía, las cosas como son, estaba negro de tanto piropo; toda la mediana edad diciéndole porquerías. Mira, me reí... Lo hemos pasado muy bien, con Manolo lo decíamos ayer. Que hasta Manolo se rio con ganas. Que no se reía, Manolo, desde hace diez años. Con esa risa tan bonita que tenía, Manolo..., que ni me acordaba. Me ha faltado el Nescafé, fíjate tú qué absurda. A ratos me ha faltado... ¿Conoces Nicosia-Chipre? ¿Habéis estado?

PREGONES

En un restaurante de Alicante. Diez de la noche del 15 de julio del 2012.

El primer pregón-bolo que hice fue cerca de Torrevieja (Alicante). La cosa consistía, además de en salir al balcón del alcalde y alabar la localidad, en hacerse fotos de 1 a 2:30 de la madrugada en una discoteca, y de 3 a 5:30 en otra. Tomarse una copita, o las que fueran, y tirar para casa cansado, contento y habiendo dormido poco.

Cuando mi compañero de evento y yo nos dirigíamos a la primera de las salas, tuve la sensación de que José, el individuo que nos había contratado, me confundía con JFK y que se tenía a sí mismo, por el modo en que hablaba, por la versión murciana de Clint Eastwood.

Me levanto durante la cena para ir al baño, al que suelo ir yo solo hace ya más de cuarenta años, desde los tiempos en que dejé atrás el pañal. José decide que tiene que acompañarme, para prevenir posibles agresiones, y se viene. «No puedes ir solo. Soy responsable», me dice al oído frunciendo el ceño. Mientras yo ando, él lo hace junto a mí, como protegiéndome de algo, que yo no veo por qué no hay nada, pero a la vez fingiendo mucha naturalidad. Está muy sobreactuado, solo le falta silbar mirando al techo.

Para evitar que se me acerquen anda de lado, pegado a mí, formando una barrera protectora. Con los brazos abiertos, agitando las manos a la altura de la cadera. Igual que una polilla con sobrepeso, con las alas cortitas y el abdomen hinchado, que no puede arrancar a volar porque se comió su plato y el de sus amigas.

—José, ¿qué haces? ¡Nos están mirando!

—Te han reconocido, tranquilo.

Caminamos solos hacia el W. C. Nadie se acerca, nadie dice nada. Nadie me mira, le miran a él. Pero él sigue cerrándole el paso al intruso imaginario que no acaba de llegar. Por cómo anda debe de dar la sensación de que se trata de alguien con problemas en el sistema del equilibrio y el control espacial. O de que va pedo.

Me pregunto si también va a asistirme en el acto íntimo de la micción, pero para mi sorpresa se queda al otro lado de la puerta y puedo trabajar solo.

Suena el teléfono. No puedo creer que sea él para preguntarme si todo va bien. Pero no. Es mi madre. No es el momento. Luego la llamo.

Todas sus frases tienen una carga dramática grande, como de atracar un banco o bombardear una plaza importante en Japón.

—Chicos, este es el plan... —puntualiza severo durante el trayecto hacia la discoteca—. En cuanto lleguemos a la sala, tú sales por la puerta de la derecha, te agarras al guardaespaldas y no te pares, pase lo que pase, hasta llegar detrás de la barra. Y tú, Nacho, lo mismo —le dice a mi compañero de bolo—. Repito: ¡pase lo que pase, no os paréis! ¡Dame esas gafas, que peligran!

Y me arranca las gafas y me deja ciego.

—Chicos, no quiero fallos —les dice a los *mozos*. No encuentro otra palabra para describir a los dos amigos sobrealimentados con leche de vaca, morro, miel y sangre frita que nos acompañan—. Preguntas ahora, luego será tarde. ¿Dudas?

Silencio.

Cuando llegamos a la disco son más de las doce. Al dar la vuelta a la esquina, es impresionante la cantidad de gente que hay en la calle. Adolescentes y niños, la mayoría. Aparecen otros dos guardaespaldas con sobrepeso y parcos en palabras. Se abren las puertas del coche. Vamos a entrar. Se forma un pasillo humano y nos abrimos paso hacia la barra. Por el camino intentan estrecharte la mano. Tú se la das a quien puedes. Los chavales te quieren tocar. El culo, una oreja, da igual. Y te tocan o empujan para hacerlo. Y te aplastan. La sensación es extraña. Y no tienes muy claro si la cosa te gusta o te asusta.

Una vez ubicados, pasamos dos horas haciéndonos fotos a un ritmo frenético marcado por los dueños de la sala.

—Dos besos, una foto y fuera. Hay mucha cola. No hay tiempo para charlas.

Crack, megacrack, ídolo, máquina, maestro, fiera, polla, *crack, megacrack...*

Los chavales te llaman eso una y otra vez.

Mi compañero y yo somos amables, creo, todo lo posible. Ante un crío ilusionado no te sale otra cosa. Me imagino a mis hijos en una cola así. No se puede tratar con desprecio a quien te trata con admiración, con devoción, con agradecimiento. Hay chavales discretos, tímidos, nerviosos, chulos, descontrolados, sobreactuados... Algunos apenas te miran al darte la mano. Otros casi te tiran al suelo del abrazo. Resulta halagador, gratificante, novedoso.

Entonces todavía no podemos imaginar que con los años el éxito de *La que se avecina* nos va a desbordar a todos. Y que la gente te abrace, te bese y te felicite por tu trabajo, en todas partes y a todas horas, no siempre va a resultar agradable. Nos van a pedir fotos en parques, plazas, playas, saunas de gimnasios, urgencias de hospitales, baños públicos, trenes, tanatorios y hasta cementerios. Y nos las vamos a hacer, cómo no. Todas, casi todas. Y la privacidad se va a ir al carajo.

Pero todo es muy reciente todavía y aún no podemos entender al famoso gilipollas, que se niega a levantarse de la mesa donde está comiendo para hacerse una foto tras otra. No sabemos aún que andar por el Mercadona besando a clientes y trabajadores puede resultar pesado con el tiempo. Ni que algo tan maravilloso como hacerse fotos con comensales y camareros de todos los restaurantes, con todos los taxistas, guardias civiles, porteros, viandantes, prostitutas y borrachos hay días en que puede llegar a desbordarte. Por excesivo, por repetitivo, por abrumador.

Hace mucho calor. Estoy algo mareado. Hay demasiada gente. Demasiado ruido. Cuando los chavales me dicen algo, sonrío y afirmo con la cabeza, pero la mayoría de las veces no oigo nada. He vuelto a ponerme las gafas. Con el sudor se me caen. Las guardo otra vez. No veo una mierda. Después de cuatrocientos besos a toda pastilla y doscientas encajadas de mano ya no sé ni lo que hago. La barba me pica un horror. Sospecho que es el maquillaje de las chicas. Hay tal cantidad de gente que, pensando que es un fan de la cola, le planto dos besos al fotógrafo del evento por equivocación. El chaval me mira confundido. Me siento un gilipollas. Intento normalizar la cosa levantando el pulgar. Me siento todavía más imbécil. ¿Qué pensará este tío? ¿Para qué coño he levantado el pulgar? ¿Qué hago aquí a mi edad?

Llega el momento de irse a la segunda discoteca. Queda todavía bastante gente en la cola. Alargamos media hora, pero la cola sigue ahí. Los de la otra discoteca llaman al mánager, reclaman su tiempo. Llegamos tarde. Hay que irse. Los chavales de la cola nos piden que no nos vayamos, exigen su momento. A ti se te rompe el alma por dejarlos allí y ellos deciden romper la escalera que conduce al escenario porque no están dispuestos a que nos marchemos. Los seguratas sobrealimentados forman un pasillo como pueden e intentan sacarnos. A nosotros nos tiran de la camisa y a ellos del pelo. Y nos sacan en volandas, por encima de la gente y dando tumbos. Está claro que los seguratas están tan fuertes como parece y que, entre la tortilla de patatas y el bocadillo de lomo con pimientos, también ha habido muchos abdominales, flexiones y cerveza. Llegamos a la calle. No podemos acceder al coche.

—¡Corred! —dice alguien.

Miro mis chancletas y no lo veo claro. Pero corro.

—¡Corred! —dice José.

Y corro. Miro hacia atrás y veo un centenar de adolescentes que nos persiguen. Me pongo las chanclas debajo del brazo. Corro más todavía. Descalzo, da igual. La imagen tiene poco glamur. Conseguimos acceder al coche que nos espera en la esquina. Los adolescentes llegan con nosotros. Cerramos las puertas. Un avispero se abalanza sobre el vehículo. El coche se mueve como una Zodiac en plena tormenta. Los chavales golpean con la palma de la mano todo lo que es posible golpear: cristales, capó, maletero, a sus amigos... El conductor, que es nuevo en esto, tiembla. Conseguimos arrancar y salir. La marabunta queda atrás.

—Y bien, muchachos, ¿qué se siente al sentirse tan querido? —nos dice el representante tan tranquilamente.

Nacho y yo no comprendemos la pregunta.

—¿Tan querido?

—Sí, hombre, sí. ¿Qué se siente?

—¡Miedooo...!

—Tranquilos, chicos, no hay de qué preocuparse. Está todo controlado. ¡Venga, vamos a por la segunda!

Al terminar el segundo evento, a las 5:30 de la madrugada, surge José de la nada, sudando como un pollo, caminando hacia mí con los brazos abiertos, con intención de darme el abrazo que hace mil quinientos:

—¡¡¡Chicoooos, ha ido muy bieeeen!!!

¡Atrás! ¡No me toques, por favor! ¡Ni un abrazo más! No te pido que lo entiendas. No lo entiendo ni yo. Pero por un rato, después de cuatro horas sin interrupción de besos, abrazos, cachetes amables y halagos que no siempre oigo; de chocar manos, puños y pulgares, y de que me den en los riñones con la palma abierta; después de mil fotos a velocidad absurda para el fan paciente que espera su turno; y de que me estrujen, me aprieten, me acaricien, me aplasten; y de que me agarren la cara, las orejas, los pómulos, los huevos y el culo; necesito, por un rato, que no me toque nadie. Necesito silencio, lavarme la cara, no ser amable ya, sentarme solo en la trastienda, pelar una mandarina y comérmela. ¡Y que durante un rato no me toque nadie!

Con los años, la popularidad acabará siendo algo que se lleva bien a días, a momentos del día, a personas concretas, en espacios pequeños. La sensación es lo más parecido a lo que uno siente el día que se casa al salir por la puerta de la iglesia. La gente te besa, te felicita, te abraza. Y todo es maravilloso. Cuando llevas quince años saliendo por la puerta de la iglesia..., uno está tan cansado como los novios al final de la boda. No es que no te guste que te feliciten, ¿a quién no le gusta eso? Es que, a todas horas, una y otra vez, te aturde.

Otras veces ser tan populares va a servirnos para que nos inviten a unas cañas o para acceder a una mesa imposible. Pero para lo que va a servirnos, sobre todo, tanta aprobación es para que la gente nos trate siempre bien. O mejor dicho, para que nunca nos trate mal. Nos vamos a habituar a la amabilidad y la vamos a normalizar, a que la gente se guarde su mal humor, a que se esfuerce para no ser borde, a que sonría. Y a eso sí que se acostumbra uno.

P. D.: Con los años, dejó atrás a Clint Eastwood y José y yo fuimos buenos amigos.

NOTAS SOBRE ESA ENFERMEDAD INNOMBRABLE Y DEVASTADORA

Cuando mi padre enfermó, un día le dijo a mi madre:

—Oye, vamos a hacer una cosa, yo me voy a la farmacia y tú me sigues de lejos. Y si me pierdo, vienes y me lo dices.

«Y yo —comentaba mi madre— le acompañé todas las veces que me lo pidió, hasta que se olvidó también de la farmacia y de lo que allí se hacía. Y cuando ya se perdió en casa, camino del baño, pues le acompañé al sofá. De mi nombre nunca se ha olvidado».

Ayer mi padre se despertó por la noche sudando, muy ansioso:

—Tengo la cabeza vacía —le dijo a mi madre—. No sé quién soy ni dónde estoy.

—Pero ¿a mí me conoces?

—Sí, claro. A ti sí.

—¿Cómo me llamo?

—Conchita. Pero tengo la cabeza vacía.

Y mi madre le ayudó a recordar quién había sido hasta entonces, y se durmió. Y se durmieron.

«Yo, con que no se levantara todos los días del año tan

angustiado, pensando que va a morirse, diciendo que es el final, yo ya me conformaba. Pobre, si supiera que me está dando tan mala vejez...».

El desasosiego acompañó a mi padre durante toda su enfermedad y se empeñó en no concederle ni un segundo para respirar tranquilo. Pero, mientras mi padre estuvo bien, él y mi madre fueron un tándem afortunado, de esos matrimonios que después de treinta, cuarenta o quinientos años siguen queriendo estar juntos porque juntos están bien. Y se ayudaron, se apoyaron, se entendieron bien y cuidaron el uno del otro. Y se pusieron de acuerdo para ser felices y para bailar.

LA CENA

En una cena de gala con mucha gente. En la cabeza de la mesa está Damián, hombre elegante y sofisticado, leyendo para todos en voz alta el dorso de una botella de vino. Sentada a su lado está su abuela octogenaria.

—Dulce, afrutado y con agradable entrada en boca. Un cuerpo celestial...

—Con mi nieto nunca sabes si te está hablando de vinos o de los penes de sus amantes. Es muy tremendo.

EL *DAVID* DE MIGUEL ÁNGEL

Cuando a los treinta años visité Florencia por primera vez, me hice una foto con el *David* de Miguel Ángel, dejando como fondo del retrato su perfecto culo. Me hice la foto porque por aquel entonces decían mis amistades que yo tenía el culo bien. Bien puesto, bonito, con todo en su lugar. Cuando volví el otro día, veinte años después, a la misma sala, intenté repetir la experiencia, pero al final opté por dejarlo correr. No me sentía cómodo. David seguía perfecto, intacto; me pareció incluso mejor que la última vez que lo vi. Más guapo, más joven. Y, por supuesto, por él no habían pasado ni veinte años ni veinte minutos. La última vez que coincidimos David y yo éramos casi de la misma edad. Y ahora yo tenía cincuenta y tres años y podía ser su padre. El culo de David seguía tan prieto como hace veinte años; el mío no. Se había desplazado. Y el implacable paso del tiempo, innecesario, molesto y cruel, me conducía al hecho irremediable de pensar que la próxima vez que iba a sentirme cómodo fotografiándome junto a una estatua esta no iba a ser de Buonarotti, sino de Botero. Me deprimí. Y sentí envidia de ese pedazo de mármol, y pensé: «¡Así te desequilibres y te caigas y te rompas, hijo de puta!». Y el pensamiento me liberó, me reconfortó, me dio paz. Y fui a tomarme una caña, que David no podía.

Por fin ayer leí que, al parecer, el mármol del *David* está en muy mal estado. Se ve que tiene un bicho, como la carcoma, que lo está destruyendo, que se lo está comiendo. Como una termita pero que come piedra. Una bendición. El Señor me dé muchos años de vida para verle estropearse. ¡Qué alivio...!

RESTAURANTE LOS PUCHEROS

Ayer comí en Los Pucheros, un restaurante de Madrid donde me hacen sentir como en casa y al que suelo ir yo solo, por voluntad propia, para disfrutar de eso, de mi soledad. Había allí un amable camarero, muy dado al choque de manos al entrar y al salir, que me hizo una confidencia innecesaria que me perturbó. Tiene una cosa, la popularidad televisiva, que hace que haya gente que pueda pasar en cuestión de segundos de no conocerte de nada a contarte la cosa más íntima. Un poco como cuando has bebido y le cuentas a alguien algo y luego piensas: «¿Para qué coño le he contado yo nada a la señora esa de pelo pobre?».

El caso es que el tipo, entre plato y plato, incomodado por mi soledad, sintió la necesidad de darme conversación y me contó que su novia lo había dejado.

—No es la primera vez que me sucede. Me han dejado muchas.

Le dije que lo sentía, intentando zanjar el tema, porque me molesta un poco que me cuenten ciertas cosas personas a las que apenas conozco y de las que no sé nada, ni cómo se llaman. Pero el hombre no se percató y se animó:

—Es que me gusta mucho el sexo, ¿sabes? Tengo una

adicción o un vicio o algo. El caso es que necesito hacerlo muy a menudo. Cuatro veces al día o así. Y las chicas se cansan y me dejan.

Y lo llamaron de otra mesa y se fue. Y yo me quedé solo, frente a mi ensalada de tomates murcianos, y lo primero que se me ocurrió fue llamar a mi amigo Josito por teléfono, que en estas ocasiones es el único que me escucha pacientemente.

Yo, al teléfono, intentando no levantar mucho la voz:

—... y suponiendo que este tío duerma una media de ocho horas al día, que lo necesita para tanto follar, le quedan dieciséis... Que si divido las dieciséis horas por las cuatro veces que tiene que hacerlo al día, el tío este debe de echar un polvo cada cuatro horas. En el trabajo se pasa ocho horas, si no es que son diez, que la hostelería es muy puta, lo sabemos todos; por lo tanto, esas ocho o diez horas sin poder copular está nervioso, tenso y tiene mono o ansiedad o algo. ¿Y qué hace el hombre para quitarse el mono y poder servir las mesas sin que le tiemblen los platos y los vasos? ¿¡Y más ahora que no tiene novia!? ¿Qué hace? (...) ¡Se la pela! ¡Estoy seguro! ¡No hay otra! ¡Cada cuatro horas! Pongamos cada seis. Se la pela y luego me sirve mis platos. Y me da a mí la mano al entrar y al salir. Y cada vez que yo le digo algo en lo que coincidimos, también me la da. A mí, la mano. Que tiene como un tic, como una obsesión con lo de dar la mano. Así, chocando las manos. ¡Qué asco! De hecho, cada vez que le pierdo de vista puede estar solo en dos sitios, la cocina o el baño. No hay otros espacios. ¿Y en la cocina qué pinta? ¿Qué hace? ¿Le da conversación al cocinero? ¡Venga, hombre, por favor! ¡Es mucho más gratificante estar en el lavabo masturbándose! (...) ¡Y a mí que me importa que se lave las manos! Es muy reciente todo. ¡Pueden haber pasado solo unos pocos minutos entre la paja y el obsesivo choque de manos! Y puede haberse lavado con prisas... Que a veces tiene las manos húmedas, me da la sensación... ¡Y si las tiene secas, pues peor! —digo gritando—. ¡Es que no se ha lavado! ¡A la mierda, no quiero más ensalada de tomate! (...) Ayúdame a pensar algo para no darle la mano a la salida. (...) Bueno, en ocasiones traigo un par de libros, que me vendrían muy bien para fingir que tengo las manos ocupadas, que llevo mucho peso, pero precisamente hoy... (...) ¡Sí, claro, mejor me vendrían diez o doce libros...! ¡No te jode! ¡Y un par de bolsas de El Corte Inglés! ¡Mira, si vas a decir tonterías, te cuelgo, Josito...! ¿Está claro? (...) No, perdona, es que estoy muy nervioso... (...) ¡Josito, por Dios, y salir del restaurante con un sofá-cama! ¡¿De verdad vas a decirme todo lo que podría sacar por la puerta y no tengo?! (...) El caso es que he venido con las manos vacías. Con la cartera de bolsillo y nada más. (...) No puedo salir agarrado a una cartera de bolsillo de ocho centímetros con las dos manos. ¡Es raro...! Parecerá que tengo un ataque de pánico... —Respingo—: ¡Hostias, se ha ido, está abajo, en el váter! ¡Aprovecho y me voy!

Cuelgo a mi amigo. Dejo veinte euros y salgo a la calle aliviado. Mierda, está fuera fumando. Me tiende la mano como lo ha hecho siempre. Pero yo finjo no verle. Me meto las mías en el bolsillo y las aprieto con fuerza. Me da igual lo que piense.

—¡Hasta otro día, amigo! —me dice dándome en la cara dos amables cachetes con la palma de su mano abierta—. ¡Que tengas buena tarde!

Bueno, pues no me he librado, qué le vamos a hacer. A lo mejor han sido todo imaginaciones mías. Seguramente. Por si acaso, no pienso tocarme la cara hasta que me la haya lavado bien. Una cosa está clara: no vuelvo a Los Pucheros.

EVALUANDO A FERNANDO

Un salón de actos, Pablo, el viejo profesor, habla con solemnidad.

Buenas tardes a todos. Mis queridos alumnos, mi querido claustro... Antes de puntuar el examen final de mi alumno Fernando Bueno Fernández, quisiera dirigirles unas breves palabras:

A lo largo de los años como docente universitario, he observado que la gente que es bella, físicamente hablando, tiende a generar en mi persona una percepción alterada de la realidad. Una distorsión causada por miradas y sonrisas bonitas, que deja por un tiempo ilimitado en un segundo plano el contenido de la conversación con el alumno, el motivo de su visita a mi despacho y, por supuesto, mi objetividad en la calificación final. Digamos que la belleza me mantiene en un estado de intranquila confusión que me agrada y me perturba por igual. La belleza me atonta y me confunde, como las noches con vino, y me deja sin armas, en puras pelotas. Es así, mis queridos colegas, y quería compartirlo.

La gente hermosa me dispone el alma para que lo malo no parezca tan malo y para que lo bueno parezca mejor.

La belleza adecenta la mediocridad y la camufla, la asea, la viste de ternura, de dulce ingenuidad, de entrañable torpeza. La forma maquilla el fondo como las flores el olor de los muertos. El guapo engaña, lo quiera él o no, y se le suponen ciertas cualidades solo porque mira bien y le brillan los dientes. Y solamente con el paso del tiempo la cosa se pone casi en su sitio, nunca del todo. Porque la belleza física, al menos en mi caso, tiene el inmenso poder de engalanar la boñiga hasta límites insospechados.

La belleza de una cara, de una mirada o de una forma delicada de moverse puede llevarme a comprar humo, a entender mal las cosas, a valorarlas con torpeza nerviosa y a caerme de la moto o a saltar de ella...

Hasta aquí bien. Se trata de aceptarse y uno aprende. Me acepto sin aspavientos y con cierta dignidad, la que me queda.

Hablemos ahora de la juventud. Cuando empecé en lo de enseñar, tenía veintiséis años, y mis alumnos, veintidós. Hoy, pasadas cuatro décadas, ellos siguen en los veintidós y yo mañana voy a cumplir sesenta y seis.

Y si bien la juventud del prójimo siempre me ha dolido un poco, con el paso de los años se me está haciendo insoportable, y lo que antes recibía con placer hoy me instala en la intranquilidad y en una melancolía molesta, pegajosa y cansina. Por raro que les parezca, a pesar de la edad, uno sigue topándose con seres francamente hechizantes. Gente que me cautiva, que me absorbe, me seduce. Gente bien, de la que duele.

En el fondo, lo molesto de la cosa es que las personas interesantes que uno encuentra en el camino nunca empiezan ni terminan contigo. Y que el pesar de no poder volver atrás se me atraganta, me deja sin esperanza. Y vivir sin esperanza es un asco, yo no sé.

Camino de los setenta, identificarte con alguien que está arrancando en la vida de adulto o sentirse muy próximo a él es algo que hace daño irremediablemente. Y hay que irse. Hay que huir para sobrevivir. Irse o quedarse a estar triste. Y es que yo no tengo el cuerpo para *Muertes en Venecia*. Pura inmadurez...

Señores, ¡me voy!, ¡me jubilo!, ¡me marcho!, ¡hasta aquí! Ya no vuelvo a saltar de la moto. Me hago daño en los codos. Buenas noches. Buena suerte.

¡Ah! Por Dios, no me pidan que puntúe a Fernando. No puedo. Tiene veinticuatro años, es un ser interesante y es demasiado guapo. A mí su trabajo me parece de diez...

ENTREVISTA AL VIEJO PROFESOR

VIEJO PROFESOR.— Bueno, la gente que en esta vida me ha seducido ha sido, casi siempre, gente por la que yo me habría cambiado. Por ellos o por alguna de sus circunstancias. Como la permuta resulta inviable, lo que más se le parece sería la seducción, así que he desarrollado siempre el acto de la conquista partiendo de una cierta tristeza, de la frustración que implica no poder llevar a cabo el trueque, la metamorfosis.

JOVEN ALUMNA.— No le sigo, profesor.

VIEJO PROFESOR.— Tranquila, hija, te lo puedo allanar. Cuando yo era muy joven quería ser como Montgomery Clift.

JOVEN ALUMNA.— Vale.

VIEJO PROFESOR.— Y también acostarme con Montgomery Clift.

JOVEN ALUMNA.— Vale.

VIEJO PROFESOR.— Y con Elizabeth Taylor me pasaba lo mismo.

JOVEN ALUMNA.— Vale.

VIEJO PROFESOR.— ¿Lo entiendes ahora?

JOVEN ALUMNA.— Ahora creo que sí.

VIEJO PROFESOR.— Pues vamos a merendar, que es muy tarde.

NADIE ES NORMAL

No hay que obstinarse en ser normal. Nadie es normal. Es un sacrificio absurdo, un empeño tonto, un esfuerzo vano, un chasco inevitable. Y hay un exceso de soledad en ese tiempo desperdiciado, un dolor grande y una tristeza que no hace falta. Lo común es ser raro, extraordinario, singular. Anormal.

Pero al principio de la vida eso no lo sabe nadie porque nadie te lo dice. Lo averiguas cuando vas por la mitad, o al final del camino, o nunca. Y uno se muere pensando que es un bicho.

La sexualidad es algo que se hace cada uno. Igual que te haces el baño de casa y decides si quitas o pones bidé o si te gustan los espejos grandes. No intentes poner nombre a todo, ni adiestrar a tu vecino, ni convencerlo, ni cambiarlo, ni imponer las enseñanzas de tu madre. Basta con ser tolerante con tu primo y contigo, y hacerte el bocadillo como a ti te gusta.

GLADYS

El viaje en coche es largo y se está haciendo largo. Gladys se distingue de los demás humanos por su capacidad para hablar sin medida, por su incontinencia verbal abrumadora, insaciable, perturbadora. Y por su empeño en formar, educar e ilustrar a conocidos y amigos, se lo hayan pedido o no. Habla siempre y no habla bajo. Y lo hace para todos. Y cuando habla Gladys no habla nadie más. Y no precisamente porque el contenido de sus argumentos le deje a uno pasmado, que también podría ser, sino porque las frases del otro no caben. Hay quien dice que cuando habla no respira. A mí me da igual. El caso es que no se calla. Cuando la observas desde la distancia parece, en todo momento, que da una conferencia. Por como mueve las manos, por como mira, por su postura erguida, como de bailarina. Como si estuviera colocada más alta que el resto, levitando lo justo para que no se note que está suspendida. Como si las vírgenes de las apariciones marianas, de los cuadros de la casa de mi abuela, se arrancaran a hablar sin contención ninguna. No importa si hablamos de cosas banales, como la lluvia o el precio del pan, o si lo hacemos sobre cosas más serias. Si tú propones un tema, ella lo amplía y lo enriqueece. Y si lo propone Gladys, lo desarrolla sin manías. Con *flashbacks,* ejemplos, precuelas, secuelas y exceso de adjetivos. Después de cinco horas en el coche con ella estamos destrozados.

El conductor del monovolumen, que nos desplaza a los ocho que vamos de excursión, ha resultado ser venezolano. Por ese motivo Gladys lleva la última media hora, larga, hablando de Venezuela. Fauna, flora, costumbres y danzas. Porque, aunque nunca ha estado allí, es un tema que domina vete a saber tú por qué. Más que nosotros, por supuesto, e incluso más que el conductor, natural de Caracas, que ha optado por callarse hace un rato. Ya se hable de León, de Lourdes o de la Luna, Gladys siempre sabe más. Más que tú. Raja del país latino con prepotencia, con paternalismo, con desprecio sutil, desde una bondad de pega. Disculpando su miseria y perdonándole por ser lo que es, un estado muy verde y muy pobre. «¿No os marea mucho verde? A mí el verde, cuando hay mucho, me marea...». Pregunta sin respuesta.

Durante el fin de semana lleva siempre la papada cargada de carcajadas. Llena. Para reventar. Carcajadas que libera a cada poco mientras habla por los codos, tenga gracia lo que dice o no. Ella se ríe porque es domingo y vamos de excursión. Y los domingos hay que reírse porque es festivo. Y porque el resto de la semana es una mierda. Los domingos se emborracha con su propia risa. No puede ser más feliz. Es feliz por cojones. Punto. Para compensar el lunes, que va a ser asqueroso.

CONVERSACIÓN ENTRE ALCMENA Y SU CRIADA CLEANTIS

Versión muy libre del Anfitrión de Plauto.

—Mi esposo ha vuelto de la guerra muy cambiado, Cleantis. Ha vuelto distinto. A ver, a Anfitrión, excitarle, excitarle..., le excitaba la guerra. Pero el sexo no mucho. El sexo no, nada. En cambio, le enseñabas una espada y un escudo y se ponía... Y la otra cosa es que se pasaba el día perfumándose. Era como una obsesión. Todo el día con la colonia. Olía igual que mi madre y mis tías. Incluso un día le dije: «Prueba con un hombre a ver...». Y lo probó con su primo Patroclo y tampoco. Y el otro casi lo mata. Le pilló por sorpresa, no se lo esperaba. Pero el sexo le aburre; le aburría, vamos. Tenía mucho ardor guerrero, pero en la cama era un mero. En cambio, hoy algo ha cambiado. Parece más ordinario, más vulgar que antes. Supongo que la guerra tiene mucho que ver. Y les ha perdido el apego al jabón, a los perfumes y a los aceites en general. ¡Huele a barro! ¡Huele a tierra! ¡Huele a hombre! ¡Huele a mierda...!

—¿Y no te parece raro un cambio tan radical?

—¿Que si me parece raro? Estoy estupefacta, no te

digo más. Desconcertada, desorientada, a la par que encendida y desasosegada. Ahora mismo tengo una fiesta en mi interior... ¡Una fiesta mayor! Y se ha marchado y me ha dejado así, con las entrañas alborotadas y dicharacheras.

—¿Y te ha dejado sin consumar?

—Sin consumar me ha dejado. Enloquecida y envalentonada. Ardiendo en mí, de dentro para afuera. Cochina.

UN MAFIOSO EN EL TREN

Viajo en el AVE detrás de Cipriano, mafioso jubilado de setenta años que se ha comido varias veces a sí mismo y que insiste en seguir esculpiendo su desproporción endiñándose el segundo Bollicao en diez minutos. Se peina raro, como los romanos, con cuatro pelos todos hacia delante, como Nerón.

Al igual que a muy temprana edad, los niños piensan que tapándose los ojos con las manos nadie puede verlos; hay otra edad en el AVE en la que algunos adultos están convencidos de que aplastando la cara, la papada, las gafas y el móvil contra el cristal de la ventana, nadie los oye. Cipriano habla muy alto con su sobrino veinteañero. Maritrini, la desconocida que se sienta a su lado, le escucha sin disimulo. No le queda otra. El resto del vagón se debate entre escucharle también o ver *Alvin y las ardillas*.

—¡Que no! ¡Pues te callas y me escuchas, que por algo soy tu tío! El problema... ¿Me dejas hablar? El problema es llegar a pensar que dejar de echar un polvo para no hacer daño a alguien es un acto de amor en lugar de un atentado al sentido común, a la felicidad y a la salud mental. ¿Me dejas hablar? A tu mujer no tienes que decirle nada.

A tu mujer déjala en paz. A tu mujer no la marees que bastante tiene ya con aguantarte. ¡A ver si encima te va a tener que consolar, imbécil!... ¡Cállate! ¿Jesús? Mierda, ¡se ha cortado! —le dice a la mujer sentada a su derecha mientras marca de nuevo—. Un túnel, un puente, o algo... ¿Jesús? El AVE, que se corta... A ver, Jesús: cuando dos personas se quieren y se entienden, con lo que cuesta eso y lo bonito que es, romper una pareja por un polvo con la vecina, con el vecino o con los dos a la vez es absurdo, es infantil, es tonto. (...) ¡Eh? No me seas gilipollas... A tu mujer no la incordies. Como se lo cuentes te arranco los... (...) ¿Eh? ¿La Iglesia? ¿Qué Iglesia? ¿Qué dices? Pero ¿sigues yendo a misa? De verdad que parece mentira que seas mi sobrino. Se lo dije a mi hermano, se lo dije a tu padre: «No lo lleves a los curas, que te lo van a marear y luego la pesadumbre cuesta mucho de quitar...». ¡Ni caso! Y fíjate las chorradas que dices con veintitrés años y la castaña que llevas... A ver, Jesús, o follas o vas a misa. ¡Hombre, por Dios! ¡Que pareces la yaya...! (...) ¡Que Dios ya no está en la Iglesia, que se fue hace siglos! Claro que estás confundido. Confundido y muy tonto. Estupefacto, se fue estupefacto. ¡No! ¡Dios se fue estupefacto! Confundido estás tú. No, al cura no tienes que contarle nad... Porque no, coño, porque no... ¿Qué coño le importa al cura dónde has metido la poll...? ¿Eh? ¡No, y a tu mujer tampoco! ¡Pues me lo cuentas a mí, que por algo soy tu tío! ¿Que buscas qué? ¿El perdón? Este tren es una mierda, no te oigo. Lo que tienes que buscar es un urólogo a ver qué coño te ha salido ahí, porque eso que me cuentas no es normal. (...) ¿Jesús? ¡Escúchame, Jesús! No oigo nada. No se oye nada. ¿Jesús, te pica? ¡Ya no va! Otro túnel, otro puente o algo... —le dice a la mujer—. El chaval lleva cuatro días casado, con veintitrés años, y... ¡Los puñeteros colegios de curas...! Son tremendos... El pobre crío lleva una castaña y una confusión... Y una infección, me temo... Y se lo dije a su padre: «No lo lleves a los Salesianos, que te lo van a confundir, que te lo van a entristecer...». ¡Ni caso! Yo llevo toda la vida trapicheando, mangoneando y hurtando todo lo que puedo y más. Y mi hermano pequeño, toda la vida rezando. ¿Se puede ser más distinto a un hermano? Qué triste, qué pena todo. Y en mi familia todos como yo. Que salía de la cárcel mi padre y entraba mi tío... ¿Cómo se queda? Y no sabemos de dónde le viene... El mismo padre, la misma madre, el mismo tipo de alimentación... Todo igual. Y los primeros años, todo bien. Fue de repente. Le surgió esta peculiaridad igual que aparecen las setas debajo del árbol. De la nada. ¿Jesús? ¡Nada, no me oye! ¡A la mierda! —le dice de nuevo a la desconocida—. Total, que a mi hermano, de la noche a la mañana, le sobrevino la fe, lo llenó y lo desbordó. Y, para mi gusto, lo absorbió y se lo tragó. Pero es una opinión. Y claro, él a sus hijos los ha enfocado por ahí, por la vía del rezo, del apartar la alegría, de dejarla correr. ¿Jesús? ¡Ahora! Sí. (...) Sí. (...) Sí. (...) Mira, Jesús, te voy a ser muy claro, muy nítido, muy diáfano: ¡La educación es una mierda! Y lo peor es que es para siempre, como un tatuaje. Eso pesa... Y si te han educado mal, te han educado mal, ¿eh? ¡Ni psicólogos ni mierdas...! Y a ti te educaron para la fidelidad sexual y a mí para no presentarme en mi casa a comer si no traía, por lo menos, tres bolsos robados. Y solo tendremos paz tú siendo fiel y yo siendo un chorizo. (...) Pues contra eso no se puede luchar, está forjado a fuego. ¿Eh?

(...) A tu padre no lo mentes, tu padre es aparte. A tu padre lo ha educado el Espíritu Santo. Lo de tu padre no se entiende. Es un salto genético, es una *rara avis.* (...) ¿¡Perdona!? A mí no me cuentes historias... A mí limpiar me sienta bien. Ponle el nombre que quieras: *mangar, chorizar...* Hay verbos muy bonitos: *desplumar, rapiñar...* ¿Por qué? Porque son mis genes. Yo, si no sustraigo, no soy yo. Me ahogo. Se me va a tomar por culo la paz interior. El hurtar me da alegría. Punto. Como la Navidad, que también me da alegría. Me encanta la Navidad. Y cuando me dicen que tengo que dejarlo, que el robar se va a acabar, que me jubile, me angustio y me deprimo. Igual que si me toca trabajar en Nochebuena, que también me deprimo. Si a veces robo por robar. Para nada, para regalar. Se lo quito al malo, se lo doy al bueno. Como Robin Hood, pero sin mallas ni sombrerito, vestido de hombre. Ese poder de decidir, ¿no? Tan bonito, tan de mi oficio. Eso es una maravilla. Lo de aquí lo pongo allí. ¿Qué otro oficio te da eso? (...) ¿Y robar y devolver? Eso me encanta. No hay nada en el mundo más placentero, más gratificante. Eso lo hacía con mi padre, tu abuelo, que ya también se dedicaba a esto, pero con más intensidad, mientras mi hermano, tu padre, salía corriendo a la parroquia para rezar y compensar. Por eso nunca nos pillaban, según él. Por sus rezos intensos. Él siempre con su trajín de cirios, velas y candelas para que el hurto se nos diera bien.

»Un día llegó a casa con una imagen enorme y desproporcionada de santa María Goretti que el cura del barrio se sacó de encima porque era fea de cojones. Pues mi hermano, tu padre, le puso un altarcito en el váter. Un váter lleno de trastos, de metro y medio por dos metros, el único que había, repleto de conservas de guisantes y garbanzos, y montañas de revistas porno eróticas de mi abuelo. Váter, trastero y despensa, todo en uno. Tú no sabes lo que era cagar con la santa mirando. Como cagar acompañado. Como cagarse en el barbero delante de todo el mundo, en el suelo, sin intimidad. Con lo que a mí me ha gustado siempre estar en absoluta soledad para las cosas del mear y el cagar.

»Pues le hizo la promesa a la santa Goretti de dejar de masturbarse si no nos detenía la policía. "Si no los pillan, no me toco en un mes", le juró a la santa mártir. Y yo haciéndome pajas por los dos. En eso fui egoísta. Pero de la misma ansia que tenía, pobrecito, de no tocarse, le vaciaba la nevera a mi madre, a tu abuela, a la yaya. Que fue cuando empezó con la gordura, que le viene de ahí, del onanismo precario, de una masturbación pobre, les dijo el médico del seguro a mis padres, tus abuelos. "Este niño o se toca o revienta —les dijo el doctor Hernández—. Redoxón Complex y masturbación —le recetó—. Y nadar en los ríos de España". Que seguro que esto tú no lo sabías, que esto no te lo ha contado tu padre. ¿A que no? (...) Pues ya te lo digo yo. Se aguantaba las pajas, el cuerpo le hizo un rechazo violento por andar contra natura y se le disparó el hambre. Y se lo comía todo. Dulce, salado, caducado... Todo para dentro. Sin filtro, no saciaba. Hasta las *Hierbas provenzales* se comía el chaval. No discriminaba. Y mi madre se lo tuvo que decir: "Tócate, cariño —le dijo la yaya—, que la Virgen no se enfada. Tócate sin miedo, no sufras por papá. Que papá tiene un ángel, san Pedro Regalado, patrón de los toreros, que cuida de él". Y ya a partir de entonces se tocó. Pero se tocó poco, tarde y mal. Y ya se le quedaron los kilos encima, se le quedó el gordo puesto para toda la vida. Y eso que mi madre no pudo estarle más encima, la pobre mujer:

»—Cariño, ¿ya te has tocado?

»—Que no, mamá, que el cura se enfada y me castiga Dios.

»—¿Qué te ha dicho el doctor? Te tocas, te lavas y te tomas la pastilla efervescente. ¡Y date prisa, que quiero cenar!

»Y el pobre se confesaba, se masturbaba, se confesaba otra vez. Y entre el estrés que le causaban el oficio de la familia, los Salesianos y el doctor Hernández, le volvimos medio loco: le emponzoñamos el alma, le robamos la calma.

»Y ya siempre así, mi hermano. Con los santos entrando y saliendo de casa y el váter oliendo como una catedral. Un día se lo preguntas, así como si nada: "Oye, papá, a ti esta ansia de comer, ¿de dónde te viene?". Y a ver qué te dice, ya me contarás.

»Lo que oye —le dice de nuevo a la desconocida—, no me mire así. Sin nosotros pretenderlo, le creamos una adicción al sufrimiento. Allí empezó a sufrir y ya no supo parar. Se hizo adicto. Con una señora que tengo aquí sentada, muy amable —contesta de pronto al sobrino—. ¡Pues te callas! ¡Hablo con quien quiero! ¡No te jode! Total, que a mi hermano el sufrimiento le ha dado vida, le ha dado alas. Y se ha pasado la vida preocupándose por gilipolleces. El apego a la desdicha le ha dado sentido a todo. Manolito madrugaba para sufrir. Y sufría. Y sufre. Otros madrugan para ir de excursión o para ir a la ferretería. Yo qué sé.

»Total, volviendo a mi padre, me dice un día de chaval, un domingo: "Vamos a robarle a este y se lo mandamos a casa más tarde. Ya verás qué bonito...". Por experimentar. Por ver. Y por dar alegría. Que a mí me ha gustado siempre lo de dar alegría. Y desde entonces que lo hago. Tampoco mucho. Dos veces al año, como homenaje a mi padre. Estábamos muy unidos. Me llevo un coche o un maletín que parezca importante o... lo que sea. Lo robo por la mañana y por la tarde se lo devuelvo al tipo, se lo mando a casa. Que se lleva el susto, se lleva el disgusto. Y cuando llegan a casa y lo ven... ¡Unos abrazos...! ¡Unas alegrías...! Como si les hubiera tocado la lotería. Pura maravilla. Esas cosas me arreglan el día. Lo que mi padre me enseñó. Lo que ha sido mi vida... Que yo he tenido una vida... Total, les devuelves lo que ya tenían. Pero así valoran. La gente no valora. (...) ¿Cómo voy a cambiar eso por mucho que me digan que robar no está bien...? No estará bien para ti. A mí robar me ha encantado. ¿Yo qué quieres que te diga? Me educaron así. Y a ti con el sexo te pasa lo mismo. Te educaron así. Con la cosa esa de la fidelidad. A ti en la catequesis te hicieron un nudo en la polla. Y cuanto antes lo asumas, mejor. Que con el gurruño que tú llevas ahí abajo desde hace veinte años, como le seas infiel a tu mujer, te cagas... Y la chica esa medio monja que se ha casado contigo, más de lo mismo o peor. Hombre, de vez en cuando os lo podríais saltar y desataros el nudo. Unas horas, un día... Pero enseguida vais a estar nerviosos: "¿Dónde está mi nudo? ¿Dónde está mi nudo?". Desasosegados, como estás ahora. Lo que te enseñó tu padre, lo que te enseñaron en los Salesianos: a vivir intranquilo. Con tu culpita, con tu cestita de malas acciones y con tu baúl de mierda. Lo que ha sido tu vida de nudo en la polla. Y yo sin robar, pues igual, no estoy tranquilo y me deprimo. ¡Forjado a fuego! A cada uno su cruz. Y lo que te he dicho antes: ya solo tendremos paz tú siendo fiel y yo siendo un chorizo. ¡No llores, joder...! Que no pasa nada, que... ¡Que ya sé que la quieres...! Pero ¿qué tendrá que ver amar y follar? ¡Nada! ¡Pues lo mismo que amar y regar...! ¡Na-da! Pero ¿desde cuándo la gente vive con la persona a la que se quiere follar? Tú vives con la persona a la que te gusta cuidar, con quien te ilusionas, con quien te gusta ir a comprar. Si normalmente a quien te quieres follar es imbécil... ¿A ti te gusta ir a El Corte Inglés con tu mujer? ¡Pues eso es lo importante! ¡Que no has hecho nada malo, joder, que...! ¡Que no tienes que decirle nada! ¡Que no la marees! Mira, me pone... —le dice a la señora de al lado—. Qué tonto, de verdad. Qué cruz, la mujer. Y qué ganas de complicarse la vida también él... ¡Pues te jodes y te aguantas...! ¡Fúmate un porro y acuéstate!

Veo que cuelga de malas maneras, niega con la cabeza y se pone a mirar por la ventana.

—¿Usted se cree que es normal que los curas no follen? —le vuelve a decir a la señora—. ¡Piénselo! ¿Usted se cree que eso es normal? ¿Qué tendrá que ver Dios y... y follar? ¿O que el cura este le diga a mi sobrino que porque le entran ganas de acostarse con otra que no sea su mujer eso es falta de amor? ¡Será sinvergüenza! ¡Será resentido! ¡Será tarado...! ¡Malos que son, coño! Retorcidos, morbosos y rarunos de cojones... Siempre en contra de todo lo bueno, lo alegre, lo... ¡En contra de todo lo bonito, joder...! ¡Qué tristes son, coño! Les podía haber dado por decir que lo correcto era andar con los ojos vendados y llevaríamos veinte siglos dándonos de hostias contra las paredes. Alguno se quitaría la venda de vez en cuando o se destaparía un ojo, y los demás le dirían «tápate el ojo, asqueroso». Y él se lo taparía y, avergonzado, pediría perdón por lo que había hecho, por la indecencia de andar mirando, con el ojo al aire, guarreando. Pero, bueno, les dio por hablar de la fidelidad...

»A mi señora y a mí nos pasó que nos queríamos demasiado para mentirnos y que no nos educaron para hablar, así que lo que hicimos fue, básicamente, querernos mucho y follar poco. Y como toda mi generación, nos aguantamos las ganas de las cosas y de meter el dedo donde no se debe. Pero pensé que la gente de hoy en día iba a ser algo más práctica en los temas estos de felicidad y de culpa y de eso... Pero siguen perdiendo mucho el tiempo. Y se siguen torturando por gilipolleces, respirando sin calma, sufriendo por sufrir.

»En fin, ahora yo ya, con los años que tengo, teniendo los afectos bien cubiertos y ganando un poco más de lo que me hace falta y con la muerte sin acechar... A cierta edad, la verdad, estar contento no cuesta. Si follas menos, pues comes más. Cipriano González, mafioso jubilado. ¿Usted se llama?

ALEJO AGUILAR,
EL VECINO DE MI PADRE

—El otro día me dijo un compañero del banco, cenando en Casa Marcelino, que creía que tenía una mujer en su interior. Fíjate, cenando me lo dijo. Entre un plato y el otro, con bastante vino. El tío me dijo que él, aparte del hombre que ya era y con el que se lleva bien y tal, dentro tenía más cosas, más gente, más opciones. Una mujer, entre ellas... Al principio me acojoné un poco, no te digo que no, pero luego ya no. Un compañero del banco de toda la vida, del BBV, soso como un cagarro, con el que jugamos una vez al mes al *squash*. Con él y la mujer, y también viene la mía, Concha. Cenando me lo dijo. Aquel día las mujeres no estaban. Y que nunca le había pasado, pero que últimamente le atraía todo lo que era ponerse ropa de mujer y tal. Que le llamaba la atención la lencería. Un tío que lleva diez años hablando de la importancia de los ordenadores y de nada más. Y de repente se tomó dos vinos y se puso a hablarme del Babydoll. Ya sabes, el camisón ese escotado, transparente, cortito, con encaje. Muy fuerte. Y yo ya me puse raro, ya me costó cenar. Porque son temas que me atraen, me llaman... Y me fui de la cena tocado. Y me estuve reprimiendo unos días y tal, y durmiendo como el culo, y al final dije: «¡Basta! ¡Ya está bien de sentirse culpable!», digo. «Me voy a dar un gusto, me voy a comprar unas bragas y punto. Pero unas bragas para mí, que me gusten a mí, pensando solo en mí. ¿Me explico?».

—No —contestó mi padre.

—No sabes cómo me puse y lo que me excitó la idea. *Las bragas* es todo un mundo, ¿eh?, *las bragas* es acojonante. Los calzoncillos nada que ver, son el hermano pobre, pero las bragas... ¡Una variedad...! Seas quien seas, seas como seas, hay una braga que es tu braga y te espera. Hay tantísimas... Con encaje, brasileña, de talle medio, de talle alto, de satén, *culotte,* sin costuras y cortadas al láser... Con encaje floral, con encaje *lucille,* con encaje crochet... ¡Brutal! Y si estás rellenita, pues braga faja, faja pantalón... Hay de todo, Aurelio. ¡De todo! Yo me compré unas blanquitas, sencillas, de encaje, y ayer me las puse debajo del pijama, para dormir con Concha.

»¿Te imaginas que me pilla? ¿Cómo se lo explicas? ¿Cómo coño le dices a tu mujer que después de veinticinco años usando un pijama de corte más bien clásico te apetece dormir en bragas? ¡De una patada te manda a Cuenca! Tú no sabes el morbo que me dio pensar eso, lo que me excitó... ¡El peligro...! ¡El peligro y la imagen! Con todos los huevos por ahí, a su aire, que esa es otra, que la braga no recoge una mierda... ¡El peligro y la imagen, Aurelio...! Me excité con todo. Tienes que comprarte unas. Te va a encantar... Si te da corte, que lo entendería, te las compro yo y te las regalo. Las primeras yo te las regalo. Y tú ya otro día me regalas a mí. Las segundas te las vas a comprar tú, te lo aseguro. ¡Vas a ir de cabeza! Porque ahí sí que no le estás haciendo daño a nadie. Le das placer a tu cabeza y punto. Y todo queda entre tú y tú. Te lo recomiendo, pruébalo. No renuncies a esa experiencia, no le cierres la puerta. Porque si entras ahí, no vas a querer salir. Yo estoy inmerso, no te digo más.

LA INFANCIA DE CIPRIANO

En el AVE Barcelona - Madrid. Cipriano, señor jubilado de setenta años, le habla sin contención a Maritrini, la desconocida que se sienta a su lado, mientras esta dormita.

—En todas las familias había un hermano raro. De los que iban para cura, pero se quedaban en medio, a medias, en terreno de nadie, en un quiero y no puedo. Ni fu ni fa, ni aquí ni allá, ni chicha ni limoná. Y yo tengo el mío propio, mi hermano pequeño, mi hermano raro particular. Cómo sería de extraño el chaval que un día, con nueve años, nos dijo que quería hablar con la familia. Nos convocó a todos; en fin, no faltaba nadie. Mi madre estaba segura de que nos iba a decir que era marica o gay o algo de la tendencia. Y va y nos dice que quería hacer la comunión. Gay como su hermano, el de mi madre, el tío Paco, el joyero. El rico de la familia, el exitoso, el triunfador, el listo y el más guapo. Que nunca escondió tendencias, propensiones ni desvíos y nunca le pasó nada. Ni con Franco ni sin él. Pues va mi hermano y nos dice que pretende comulgar en mayo, mes de las flores y de Santa María, vestido de marinero y con gorra de capitán. Y en casa todos ateos. ¿Cómo se queda?

»"Yo soy invertido e inversor —nos decía el tío Paco. Más majo...—. Maricón y millonario", nos decía. Fíjese usted qué original, el hombre, qué cosas de decir. "Y vivo con Joao —un brasileño muy alto que vivía con él—, que eso sí que es una raza superior y no la raza aria". Mi tío era muy especial. Decía cada cosa... Muy especial y muy original. Y también muy poeta. "Lo de la raza no se lo digas a los nenes, Paco", le decía mi tía, su hermana, que era mucho más prudente, la mujer. Eran otros tiempos. Unos tiempos de mierda. No había casi maricas, ni casi negros, ni casi de nada. No había ni comunistas. Mucha carencia, mucha hambre y muy poco color. Por no haber no había ni kiwis. Hasta los quince años no me comí yo un kiwi, con lo que me han gustado luego... ¿Y los chavales de ahora, que tienen de todo y no aprovechan nada...? ¡Para matarlos...! ¡Qué vergüenza! En fin, que me voy del tema... Total, le decía mi tía a mi tío: "Lo de la raza superior no se lo digas a los nenes, Paco, que los niños son pequeños y que están sin picardía y no lo entienden". "¡Que sí que lo entiendo, mama...! —le contestaba mi primo—. Que Joao es más alto que el papa, y más fuerte que el papa, y que tiene los dientes más blancos y el culo más negro". Sí que lo entendía, sí. Mi hermano no se enteraba de nada, pero mi primo lo entendía todo. "Un culo negro y precioso", le decía mi tío al oído a mi primo. "¡Anda! ¿Sí? ¿Y cómo es de precioso el culo de Joao, tío Paco? ¿Como el culo de un ángel?". Imagínese usted mi primo, desde tan pequeño, qué curioso, el chaval... "Más bonito que las perlas del collar de la yaya María". Mi tío también... "¿Como el tesoro de Alí Babá?". "¡Equilicuá!", le respondía mi tío. "¡Uala, tito, qué bonito. ¡Pues qué maravilla de culo que debe de ser...!". "Ni te lo imaginas...", remataba Paco.

»Y con siete años y algo confundido, mi primo se lo dijo a la maestra cuando estudiaban los océanos: "En casa hay un negro antinazis que duerme con el tío Paco y que tiene el culo tan bonito como el mar Mediterráneo". Y lo expulsaron una semana. Cosas de la época...

»Mi hermano, en cambio, no iba por ahí, no era un tema de tendencias ni de propensiones. Ojalá. Sorprendió a vivos y muertos y se apuntó a catequesis, comulgó y se confirmó. Se lo guisó y se lo comió, con siete años, él solito. Y les pidió a los Reyes un kit de cura, pero como no existía, nunca le llegó. Para hacer misas y eso. Que mi madre estaba ya hasta el moño de que le rompiera las copas buenas de la cristalería, que usaba casi a diario para jugar a La misa de doce, un juego que se inventó. Confesaba a sus amigos, les ponía penitencias, casaba a los vecinos, les daba la extremaunción... Y en verano, si podía y le dejaban, los bautizaba en el río o les daba sepultura en la playa. Sin enterrar la cabeza, se entiende. Muy raro todo. Y, en paralelo, mi primo José, ese sí, no tardó mucho en hacer oficial su inclinación, su preferencia. Que le preguntó mi tía: "¿Estás seguro, mi amor? ¿No será que quieres hacer la comunión, como tu primo? A ver si estás confundido. Como estáis tan unidos y lo hacéis todo juntos...". "Que no, mamá, que no. ¡Qué comunión ni comunión, que soy maricón, como el tito! ¿No sabré yo lo que quiero?". Y ya para siempre gay hasta hoy. Muy majo, mi primo. Yo le quiero mucho. Y mi tía se quedó encantada, convencida de que, si era gay, se haría tan rico como su hermano Paco, el joyero. Y oye, no le ha ido mal. Tres pisos tiene mi primo. Mal, no le ha ido mal. Mucho mejor que a mi hermano, heterosexual sin fisuras, que ha vivido de alquiler hasta ayer... Pero fíjese: mi madre, celosa de enfermedad, que se ha pasado la vida compitiendo con mi tía, no les dirigió la palabra en un mes. ¿Se lo puede creer? Ni a mi tía ni a mi hermano. Ni a mi padre, pobre hombre, que no tenía nada que ver y que no entendía nada. Cuatro semanas sin hablar. Enmudeció de envidia. Qué malos que son los celos. Se le hizo una montaña que todas las atenciones se desviaran hacia su sobrino. Y tuvo el primero de muchos ataques de asma por envidia. La ira no le dejaba respirar, le estrechaba la glotis. Y el oxígeno le llegaba a la cabeza tarde y mal, a trompicones. Y le llegaba contaminado, con suciedad, con porquería. "La mala hostia le emponzoña la ventilación —le dijo el doctor Hernández—. La mala hostia la está matando, le hace delirar. Y quitarse de los lácteos no le va a servir de nada, la han informado mal. Deje al cuerpo que delire, que ya se le pasará". Y el cuerpo deliró. Lo cierto es que, en este tema, enloqueció: "A ti lo que te pasa es que eres maricón, como tu tío Paquito y como el primo Josito. ¡Y que estás confundido!", le insistía mi madre enfadada a mi hermano.

»"Que no, mama, que no soy maricón, que quiero hacer la comunión". "¡Y dale con la comunión! ¡Qué manía con eso...! ¿Acaso no puedes hacer las dos cosas? ¡Se podrá ser maricón y hacer la comunión, digo yo!".

»Total, una familia de locos, la mía...

»Y mi hermano, con la edad, ha ido a más. Ahora, con setenta y cinco años, se ha comprado en Fátima un terreno. Al lado de la cueva de las apariciones marianas. Miraron en Lourdes, pero se le iba de presupuesto. Y se pasan el día rezando mi cuñada y él. Una urbanización carísima, en un sitio feo feo, que es un secarral. Que se ve que no se podía construir, por los milagros y las peregrinaciones era terreno no urbanizable, pero ahora la Iglesia les ha dado el permiso. Y se ve que los cristianos se dan de hostias por ir a vivir allí. Y se han hecho un adosado que mira al norte. El sol sale por allí, pues el adosado mira para allá. Dirección a la cueva de los niños pastores. Donde la Virgen se apareció. Una casa oscura oscura. Oscura de cojones. Y todo por el enfoque, en primera línea de la cueva santa. Un sinsentido todo. Y vas a comer con ellos y no hablan de otra cosa, que tiene una presencia en esa casa la Virgen de Fátima como el Che Guevara cuando vas a Cuba. Una pesadez, un rollo... En fin, yo tengo que bajarme. Siento dejarla a medias. Duerma, duerma.

JORDI Y JORGE

—La verdad es que yo en una granja en pleno campo, con un pantalón de peto, tres vacas y alguien que me quiera un poco... A mí no me hace falta nada más.

—¿Lo dices en serio, Jordi?

—No.

EL SEÑOR APARICIO

¿Volver a los treinta? ¡Qué horror! ¿A los treinta...? ¿Lo dices en serio? Pero ¿tú estás loco? ¡Y a los cuarenta peor...! ¡Mucho menos! ¡Si estaba todo por hacer...! A los cincuenta empecé yo a cotizar y me faltaban quince años todavía para dejar de trabajar. A mí me devuelven a las edades esas del principio y me hunden la vida, me pongo a llorar y no paro hasta la jubilación. Menos mal que no se puede... ¡Qué horror! ¡Qué error echar de menos eso...! ¡Qué absurdas edades, por Dios! ¡Y qué pérdida de tiempo! ¡Quita! ¡Quita! Yo, de volver, y que no volvería, pero en el caso de que fuera obligatorio y posible, lo haría a esa edad en que aún se te puede escapar el pipí. Que no volvería para atrás ni loco, pero, bueno, de no tener otro remedio, pues a esa. ¿Que te puedes mear y que no pasa nada? Pues ahí. O a los noventa años, que tampoco te riñen si te meas un poco, porque ya, ¿para qué? Esas edades en las que nadie te pregunta nada, que te lo hacen todo y deciden por ti. ¡Eso es un regalo, coño! ¡Tira para aquí! Y tú para aquí. Tira para allá. Y tú para allá. Pero en cuanto tienes que empezar a decidir para dónde tiras y a aguantarte los meados y las cosas..., ya malo. Ya vas tenso, ya no duermes y se te hace bola la comida y se te hace bola la vida también. Estoy harto de tomar decisiones. Llevo toda la vida decidiendo cosas y cositas. Lo que como, dónde como, las vacaciones, cuándo follo, la marca del coche, si voy al dentista, si voy a comprar, si no voy... Y me he plantado y me he parado. Hace ya casi un año. A mí, ahora ya, que me lo hagan todo. ¡Todo! Estoy hasta los cojones de pensar. No quiero pensar. No pienso. Cuando me viene un pensamiento, ¡fuera!, lo borro. ¡Aire! «¿Qué te parece si el domingo vamos a...?». ¡Fuera! A mí que no me consulten, que no me pregunten. Me da igual sopa que pollo, si yo me lo como todo... Me lo he comido todo siempre... Si yo me conformo. ¡Me he conformado siempre! Volver a los treinta... ¡Qué miedo...! A mí el grueso de la vida, lo que está entre la niñez —los nueve años como mucho— hasta lo que es la vejez —la vejez despreocupada, la vejez vejez...—, ¡eso se me ha hecho larguísimo! A mí, lo que es el nudo de la vida, todo lo que va en el medio, me ha sobrado. Me ha reventado, me ha agotado. Y hace un tiempo dije: «¡Basta!». ¡Y tú no sabes qué cambio...! Hoy, por ejemplo, me han despertado y he pensado: «¿Me pondrán al sol?». Y al sol me han puesto. ¿Que me podría haber puesto yo perfectamente? Sí. Pero no me da la gana, que me pongan ellos... Esa decisión no es mía. No la voy a tomar yo. Ya no. Que podría, pero no. No quiero. Si no me ponen al sol, disfrutaré de la sombra. ¿Me pondrán carne? ¿Me pondrán pescado? ¡Hostias, si es una tortilla! Pues eso ya te da vida, te pone en el abismo. ¿Para qué quiero más? Yo no vuelvo a empezar ni de coña.

Qué diferentes somos tú y yo... Te escuchaba y pensaba: «Pero ¿qué dice este hombre de volver a los treinta?».

De verdad que lo creo, pero sin mala hostia; lo creo y punto. Porque tú pienses diferente no me voy a enfadar... Ya no. Con los años también he perdido la mala hostia. Antes tenía yo una mala hostia... ¡Pues la he perdido! La mala hostia, la mala fe, la retranca, la envidia... Todo eso se marchó hace años, se cayó, lo perdí. El asco. A mí ya no me da asco nada. ¿De qué me vale el asco? ¿Para qué lo quiero? ¡Fuera! Y nunca tengo calor. Hace que no sudo..., ¡siglos! ¿Tú sudas? Yo no, se fue. Voy soltando, voy dejando caer.

¿Y sabes lo que me da a mí mucha tranquilidad? Saber que lo tengo casi todo hecho, casi terminado. Yo, cuando veo a los jóvenes, pienso: «Madre mía, lo que les falta todavía por hacer a estos...». Me da pereza mirarlos... Últimamente tengo mucha pereza. Me da pereza hasta hablar. Ayer no hablé en todo el día. Y esta tarde, después de comer, también me voy a callar. Y mañana, ya veré. Hemos hablado tanto ya, ¿no? Quiero ir haciendo cada día menos cosas. Menos, menos... Y estoy buscando un sitio en que me lo hagan todo. Un asilo bonito. Si conoces alguno... A mí, si me lo hacen todo, me tienen, me ganan.

COSAS QUE CUESTA DECIR

Te hemos pedido que vengas para romper contigo. Sabemos que no nos vemos mucho, pero preferimos no tener que saludarte si nos encontramos. No queremos responderte al teléfono, porque, si suena y eres tú, no apetece. No queremos volver a cenar a escondidas sin que tú lo sepas, porque sin ti se está mejor. No queremos volver a dosificarte y decidir qué fin de semana se queda contigo uno u otro. Te hemos pedido que vengas para romper contigo. Es verdad que nos vemos muy poco y que puede parecer que no hace falta, pero hay que romper porque es bueno. Porque no quiero saludarte si te encuentro, ni contestarte al teléfono si llamas, ni cenar a escondidas con amigos para no hacerte daño. Quiero dejar de ser tu amigo. Las personas, como los hechos que no nos hacen mejores, hacen que seas peor.

Eso nos pasa contigo.

MARITRINI Y SU HOMBRE

Esas cosas que me cuenta María Trinidad Rodríguez, la asistenta del bar La Amistad, donde suelo tomar el café.

Me enamoré de Manolo muy joven, en una edad muy temprana, en lo que vino a ser mi estiramiento de niña a mujer, la primavera-verano de mi existencia, en mis primeras reglas y mis primeros vellos; ahí mi cabeza estaba ya por Manolo, todo el tiempo con él. Enloquecida, lo miraba de día y lo pensaba de noche. Y ya empezaban a cocerse el amor y la cosa. Me fue gustando, sin darme cuenta, hasta que supe que me gustaba con importancia, bien y de verdad, para rato y del todo. La verdad es que sí, que tuve un interés inicial fuerte, de mujer enamorada, de fémina atortolada, casi de niña pesada. Aunque para tantos años no me lo esperaba, la verdad es que no, no hasta hoy. Eso lo supe luego, cuando fue viniendo. Que lo pienso ahora y digo: «¡Madre mía, la de rato que llevamos con Manolo...!». Que me da como vergüenza de pensarlo y todo, ya me dirás tú...

Siempre con la mirada en otro sitio, nunca estaba del todo, Manolo. Y sigue por ahí, en sus cosas internas. En sus silencios es donde Manolo es más Manolo. Cuando no habla. Como cuando decidió besarme sin avisar, sin haber dado a entender que le gustaba, sin prepararme. A mí, que llevaba meses enloquecida con su cara de pena y su melena morena y con su culo chinorris. Y que no veía señales de nada. Y no las veía porque no las había.

Y, de repente, me dio un beso mordedor, así, sin esperarlo, que me bajó la tensión a los pies y me caí redonda. Dejé de respirar. Hipotensión postural, me dijo el doctor Hernández, en paz descanse. Yo, para mí que fue el susto. Y que me pilló por sorpresa y en bragas, y que me gustó muchísimo. En bragas metafóricas, se entiende, pero en bragas al fin. Lo de las bragas literales fue después, mucho más tarde, tardísimo. También por sorpresa y también me gustó. Pero el primer beso lo recuerdo así: mucha alegría y mucho daño. Lo que viene a ser el amor a esa edad. Emoción y, de repente: seis puntos en la ceja. Y ahí ya empecé a deducir que la vida no iba a ser un camino de rosas. Con la castaña que me di ya lo empecé a notar.

Al principio yo solo vi a un chico guapo, desvalido, silencioso, con lo que me pareció, pero que luego no fue, un mundo interior inmenso. Delgado, huesudo, mal nivelado. Lo que hoy sería un cani que no come. Casi un preyonqui, pero con la piel muy sana y unos ojos verdes de caerse de espaldas. Y a mí, que vengo de familia de gordos parlanchines con los ojos marrones, tanto hueso me encantó y me excitó. Y me entraron unas ganas irrefrenables de cuidarle y besarle y chuparle la nuca que no me había pasado jamás y no ha vuelto a pasarme. Que tenía una nuca, Manolo, de mirar y tocar. Pero se lo tuve que contar a mi madre, que yo a mi madre con trece años se lo contaba todo, lo pensado y lo vivido, digo: «Mama, me creo que estoy muy enferma, que hay un niño en el patio que le chuparía el cuello cada vez que lo veo. Tengo cáncer de cerebro, ¿no?». Y mi madre me apuntó a catequesis y así lo arreglamos. Y Gracias a Dios y gracias a los curas a Manolo no le chupé nada en los primeros cinco años de casada. Hasta que un día me planté y dije: «*¡Prau!* ¡Hasta aquí! ¡Se acabó! ¡Maritrini, corta esto de raíz!». Y ya se lo chupé todo. Pero lo que tardé... Eso solo lo sé yo.

En fin, que entre todo esto y sus largos silencios, que me parecieron pura inteligencia, me esperancé, me emocioné y me creí que mi vida iba a ser un *no sé qué no sé cuántos...* Fue un sumar de cosas, un seguido de ilusiones y de fantasías, un sueño bonito. Un enamoramiento como una catedral.

Tenía algo de perro asustado Manolo. Siempre lo ha tenido. Y eso me gustó. De esos pobres chuchos a los que les han pegado, pero tampoco mucho. No era muy evidente, no era un golpe en la cara. Era un temor, el suyo, disimulable. Como un estreñimiento, que no se ve, que se siente por dentro, pero que molesta igual. A Manolo le pasaba algo, le faltaba algo, no se sabía qué, no lo sabía ni él. Pero algo le faltaba y le falta. Y ya, a la edad que tiene, le va a faltar siempre. No creció del todo. ¿Como el que está por terminar y no es redondo? Pues algo así le pasaba. Tuvo amagos de despunte, pero no. En amago se quedó toda su fosforescencia, todo su brillo. Se estiró muy poco. La vida se le hizo cuesta arriba nada más arrancar y tiró la toalla nada más empezar. Ni la tiró; se le cayó. Los primeros años de su vida los vivió con susto, con nerviosidad. Pero una vez que se convenció de que a él esta vida le venía grande, que le costó darse cuenta toda la adolescencia, se relajó, lo aceptó y se sentó. Se ensombreció sin complejos, se apagó sin manías y se quedó tan ancho. Que estaban todos sus amigos comiéndose el mundo, o eso parecía, y él ya estaba gris perdido, mate total, sin voluntad ni talentos y ningunas ganas de sobresalir. Destalentado precozmente, de nacimiento, y muy seguro de que para gran cosa no valía él. Oye, y que tenía toda la razón, que el paso de los años le ha dado la razón, para gran cosa no vale Manolo. Nació desarmado, sin pistola ninguna ni soluciones para las cosas. Incapacitado para los enfrentamientos. No ha sabido luchar, el pobre, ni contra lo más pequeño. Llegó a este mundo sobrepasado, desbordado, llegó en pelotas, pero de verdad. Y se quedó desnudo sin saber vestirse, por abrochar. Desbordado y asustado desde la mañana hasta el amanecer. Incapaz de decidir lo más pequeño. «¿Qué me pongo, cariño?», me dice siempre. «Pues esta camisa y este pantalón». «Muchas gracias, mi amor». Y se lo pone. Y le daría una falda plisada y se la pondría también. No tiene iniciativa, tiene el empuje muerto. No puedo contar con él para nada. Para sentirme querida, que ya es mucho sentir. Treinta y dos años hace que me pregunta todos los días a la hora de cenar: «¿Y yo dónde me siento, cariño?». «Pues en tu sitio, Manolo, en tu sitio. De cara a la tele...». «¿Cojo las gafas?», me dice cuando salimos a caminar. «Pues como veas, Manolo... Si vas a querer leer...». «¡Venga, las cojo, mi amor...!». Y así todo... Pero como lo dice con cariño y buena fe... Tiene el dentro muy bueno.

Además, como por suerte para él ninguno de sus amigos ni se comió el mundo ni se comió nada, ya se niveló la cosa. Y en nuestro círculo íntimo quedó todo como camuflado y no se le notó. En nuestro grupo de amigos ninguno ha prosperado, nadie ha tenido éxito, nadie triunfó, ni despuntó, ni se esforzó. Los amigos de Manolo se han pasado la vida comiendo pipas y trabajando donde les dijo su padre. Y eso a Manolo le ha venido muy bien, le ha reforzado la inmovilidad, le ha dado paz. Él con sus amigos está como pez en el agua. Pero hubo unos años tontos y de incertidumbre que pensé que iba a quedárseme atrás, muy atrás. Más que el resto, más que los demás. Muy a la cola, casi al final, demasiado. Y me asusté y me preocupé y le dije, digo: «Tan atrás no, Manolo. ¡Tan atrás ni hablar, cariño! ¡Tan atrás no te puedes quedar...!». Y lo apunté a una academia y se sacó el *Meca-Rapid*, el básico, que se lo enmarqué. Que le costó... ¡Pero se lo sacó!

Si es que ya me lo dijo mi madre, dice: «Maritrini, te has casado con un niño. No tienes dos hijos, tienes tres. Tres hijos y un perro que no se muere nunca». Veinte años tiene Nelson... Y ya no fuimos a por la niña, que yo quería la niña. Pero al salirme así Manolo... «¡Por lo menos no te ha salido putero, como papá! —me dijo mi madre—. Y es bueno y te quiere mucho. Con locura. Con una locura preocupante por infantil, por boba, pero el amor que te tiene es inmenso. Para él no hay otra como tú. No hay otra. Pero es un niño. Te has casado con un niño y no te has dado cuenta, no nos dimos cuenta. Como era mono y hablaba poco y sonreía mucho, te engañó, nos engañó. Y vas a estar con las papillas hasta que se muera». Y ahí, la verdad, me hundí un poco, me cayó la ilusión, me quedé rara, me bajaron todas las adrenalinas.

Y mis amigas me decían: «Pues, oye, ¡sepárate! —Que están muchas separadas—. Si no es lo que te esperabas, pues ¡sepárate!». Y yo digo: de la gente que te quiere no te puedes separar. ¿Eso cómo se hace? ¿Eso a santo de qué? De la gente que te cuida, te quiere y está a tu favor, no te vas... No se la deja, no se la abandona. Se la cuida, se la mima, se le devuelve el regalo. Y se le miente con cariño si hace falta, y con todo el amor. Se la protege, se la vela, se la atiende. ¡Pero no te vas! Si la gente te hace bien, no te sale hacerle mal. A mí no. ¿Cómo voy a dejar a Manolo? No entendería nada, el pobre. De solo pensarlo me muero de pena y él se muere detrás. Si no tiene virtudes, pues no tiene virtudes. Pues tendrá defectos. Pues tendremos que vivir con los defectos. Que la vida no es nacer y punto. Bastante tiene ya, el hombre. Hay que aprender a vivir y también habrá que aprender a querer. No se nace de pie.

Me casé con veinte años, que tenía Manolo veintidós y medio. Y he tenido bastantes pretendientes en estos más de treinta años. Y me imagino que Manolo, siendo mono como era, pues igual. Pero yo le he sido fiel. Y Manolo a mí, lo mismo. A mí no me gusta la infidelidad, no me llama la atención, no es lo mío. Me parece mucho lío, me parece cansada, no veo yo que compense. A mí no. Y, en principio, aunque nunca se sabe, no me ha sido necesaria, no la hemos usado ni Manolo ni yo. Sabiendo que está ahí... Con eso tengo bastante, me da tranquilidad. Y que Manolo, aunque quisiera, no podría. Se le haría una montaña y tendría una crisis. Le falta valor. Y yo tendría que perdonarle para que no se suicidara o algo peor, y llevarle a un psiquiatra y pagarlo. Y no nos lo podemos permitir. Las infidelidades con terapia están por encima de nuestras posibilidades. Pero lo que digo: no se atrevería. Y mira que yo tengo amigas que tienen la tendencia de lo más arraigada y no paran. Y, a ver, que haga cada uno lo que le dé vida, lo que le dé la gana. El caso es no hacer daño. Si las cosas te dan vida y no hacen daño, no son malas, no lo pueden ser. Lo que te ayude en tu camino y te haga bien nunca puede estar mal. El matrimonio se trata de no hacerse daño. De eso, de cuidarse y hacerse reír. Y de no tocarse los cojones. Si vas a estar tocando los cojones al otro, sepárate. Hay que aprender a vivir y a querer. Nadie nace enseñado. Y lo que pudo haber sido y no fue, pues no fue.

Y que yo tengo mis cositas también. No soy redonda, no soy un diez de persona; no soy infiel, pero no soy imbécil... Me encanta la noche, por ejemplo, me encanta... Nadie quiere la noche, dicen; pues a mí me encanta, que no me la quiten. Y no para bailar ni salir a cenar, para quedarme en casa sin ver nada ni a nadie, en silencio y a oscuras. Porque a oscuras casi todo está bien. A oscuras y en silencio, todo está menos mal. Y por eso bienvenida sea, de vez en cuando, la negritud. A mí la oscuridad, un rato, me ha gustado siempre, toda la vida, desde pequeñita. Y la he tenido cuando la he buscado y me he llevado bien con ella, me ha hecho compañía. Bajaba la persiana y pensaba mis cosas y me quedaba tan ancha. Y luego ya me ponía con las judías verdes, los deberes y la escoba. Pero ya venía de donde venía, de mis pensamientos en oscuridad. Y ni tan mal. A mí la oscuridad me desparrama el alma, me afloja la faja y me libera el sostén. Y un alma desparramada, desamarrada, es un regalo de Nuestro Señor, una bendición. Eso no lo sabes hasta que te pasa. Y Manolo ya lo sabe. Digo: «Manolo, que me pongo a oscuras». Y él me dice: «Tranquila, mujer, si llaman ya abro yo».

Manolo me entiende, me deja ser. Y cada uno a sus pequeñas cosas, lo que es un matrimonio. Total, que me siento muy libre cuando no veo nada y le doy las gracias a la oscuridad por eso. Manolo fuma, ¿no? Pues yo apago la luz. Que no haya sido moderna no me hace tonta ni retrasada. Me encanta la noche y punto. A otras les gusta bailar y el chocolate.

Y que todo esto no me aleja de Manolo, cuidado, todo lo contrario. Con Manolo nos hemos ayudado tanto y nos hemos hecho tanta compañía que nos hemos perdonado hasta lo que no pasó. A mí la sensación de soledad se me quita cuidando de Manolo, mira tú. Con Manolo roncando a mi lado, respirando bien. Que nadie me ha quitado más la soledad, las cosas como son, que Manolo. Y cuando alguien te quita de la soledad es importante, porque la soledad es algo de quitarse de encima. A mí la soledad no me ha gustado nunca, me ha dado mucho asco la soledad, siempre. Y un día me dice Manolo, me dice: «La de trabajo que te doy a veces, ¿no, Trini? Lo que te he mareado todos estos años, lo que te he costado...». Y se lo dije, digo: «A mí tú me has quitado de la soledad, Manolo, que te quede claro. Me has nivelado el ánimo. Tú no me has costado, Manolo, me has ocupado, que es muy diferente». Y me dio dos besos y me abrazó fuerte, pero no habló nada. Creo que se emocionó. Y yo me quedé bien y conformada. Manolo es así. Y que no sé, cuidarle me da paz. Y a él se la da que lo cuiden, lo serena, me lo calma. Pues mira, nos hemos encontrado. Será eso el matrimonio. ¿Quién lo sabe?

La vida es mucho mejor cuando no te gusta nadie, las cosas como son. Mis amigas se creen que estar enamorada es el mejor estado de la vida. Y no, no es verdad. Lo más importante de este mundo es estar tranquilo. Y Manolo nunca estuvo tranquilo, nunca supo estar, no aprendió. Toda la vida con miedo de vivir y ahora, con la vejez aporreando la puerta de casa, me dice ayer que tiene miedo de morirse.

TRIUNFAR

Triunfar significa estar en paz contigo. Da igual si eres actor o carpintero. Hay gente que está en paz fregando la casa de otro que no lo está. Hay quien nace en paz. Pocos. Yo no. Nací por completar. Poco hecho. Rarito. Se trataba solo de percibir el bienestar y darle el valor que tiene. Pero yo no sabía. No supe entonces. Hasta más tarde. No nos parieron bien. Ya no nacimos libres. Desde el principio nos faltó frescura. Había mierda en los genes de aquella generación. Y también había mierda en el ambiente, en las escuelas y las casas. Por suerte, fuimos más infelices que cobardes. Eso nos salvó. Nos hizo reaccionar. Hasta que un día el bienestar llegó. Y le sacamos partido a la pena y supimos encontrar lo bonito. Porque como dijo alguien, «Pocos son actores por casualidad. Siempre hay algo de mierda detrás y mucho empeño».

Cuando hace veinticinco años estrenaron *El fantasma de la ópera* en Londres, los estudiantes del Institut del Teatre, que nos pasamos un trimestre intentando cantar todo aquello, soñábamos con llegar a vivir del oficio de actor. El otro día, viéndola de nuevo en el mismo teatro, con mi pareja y mis hijos sentados a mi lado, pensé que todo había ido bien. Sentí que me había salido con la mía, que había *triunfado,* sí, porque logré vivir de lo que más amaba. Y casi lo dije en voz baja, con la boca pequeña. Porque *triunfar* es una palabra demasiado pomposa, excesiva, que nace con pretensiones y significa mucho, demasiado, más de lo que es. El caso es que mi trabajo es un sueño cumplido. Algo que me costó.

Cuando tú eres un niño de barrio medio pobre y le dices a tu madre «Mama, yo quiero ser actor de series y películas», te resulta tan inalcanzable como si le dijeras «Mama, quiero ser astronauta». Y hoy, veinte años después, te coges un cohete y te vas a la Luna.

ESQUELA

Tomé tres grandes decisiones en la vida que me llevaron a sentir que no me había salido mal la cosa: tener a mis hijos, tenerlos con quien los tuve y atreverme a ejercer el oficio que tanto me gustaba, que tanto me gusta. El resto fueron cosas de la vida. Ventajas e inconvenientes de lo que implica estar vivo.

Nunca presumí de elegir el camino correcto. No tenía mucha idea de cuál era el bueno. Solo fui haciendo por esquivar las penas. Había más caminos, con otros conflictos y comodidades, con riesgos distintos, con otras renuncias, con goces diferentes. Pero con este conseguí que me gustaran los lunes y el invierno. Con los otros no lo sé, no lo sabré.

El caso es que me siento profundamente agradecido. Habría vivido así trescientos años. Algunos días me costó la vida, pero siempre me encantó. Gracias y un beso, nos vemos allí.

ÍNDICE